宜宾学院出版基金资助：项目编号 412-2023CB02

传统节日里的诗词

蒋德均◎著

上海交通大學出版社
SHANGHAI JIAO TONG UNIVERSITY PRESS

内容提要

中华传统节日蕴含深刻丰厚的文化内涵，是传承民族精神的牢固纽带，是中华民族文化中的一份璀璨遗产。围绕着这些节日，历代帝王将相、墨客骚人甚至平民百姓，留下了太多脍炙人口的优美诗篇和美丽传说。本书选择了中华民族十一个主要传统节日，对节日的起源、演变、习俗内容以及如何继承与发展等进行了简明扼要的梳理与介绍，提出当下思考与建议，并选取历代诗人相关诗词歌咏，适当予以释义或点评。

图书在版编目（CIP）数据

传统节日里的诗词 / 蒋德均著 . -- 上海 : 上海交通大学出版社 , 2025. 3.-- ISBN 978-7-313-32176-3

Ⅰ . I207.2-49

中国国家版本馆 CIP 数据核字第 2025EJ0328 号

传统节日里的诗词

CHUANTONG JIERI LI DE SHICI

著　　者：蒋德均
出版发行：上海交通大学出版社
地　　址：上海市番禺路951号
邮政编码：200030
电　　话：021-64071208
印　　制：成都市兴雅致印务有限责任公司
经　　销：全国新华书店
开　　本：710mm × 1000mm　1/16
印　　张：12.75
字　　数：202千字
版　　次：2025年3月第1版
印　　次：2025年3月第1次印刷
书　　号：ISBN 978-7-313-32176-3
定　　价：68.00元

前言

文化何以自信

当下中国节日体系由传统节日、现代节日（纪念日）、外来节日和地方民间节会等多种不同类型节日构成。其中，中华传统节日则以其悠久绵长的历史、宏大丰富的内容、绚烂缤纷的色彩展示了我国民族文化的壮丽画卷，展现了鲜活瑰丽的民俗风情，蕴含了深刻丰厚的文化内涵，寄托了中华儿女浓烈幽微的民族情感，成为传承民族精神的牢固纽带，是中华民族文化中的一份璀璨遗产，是中华民族的基因谱和身份证。

历史是文化的根，哲学是文化的魂，文学艺术是文化的生动表现，传统节日是中华文化的基因和身份。作为中华文化的一个重要组成部分，传统节日文化是中华传统文化的集中表现，它生动而全面地包孕了民族文化的风采和底蕴，体现了中华民族的精气神。传统节日是祖先留给我们特别重要的非物质文化遗产，是我们民族文化身份的重要标识，是中华儿女共有的精神家园，是我们文化自信的深厚土壤，也是我们祖先内心深处最深刻的浪漫情怀。

著名人文社科学者李汉秋先生认为："中华民族历史悠久，传统的岁时年节体系萌芽于先秦时期，成长于秦汉魏晋南北朝时期，定型于隋唐两宋时期，元明清时期又有重大发展，近百年受到冲击，但民间乡土社会一直坚持着，延续至今。"并且，李汉秋先生认为，中华文化的精神内核很好地体现在传统节日体系中。"传统节日循天时、重人伦，正体现了中华文化的天人合一、家国情怀。"

那么，就让我们踏着时间的节奏，感应自然的物候，沿着祖先的足迹，感知诗人的心绪，领略中华民族传统节日的魅力，来一次物质与精神、生理与心理、肉体与灵魂的文化与文明之旅吧！

一

泱泱中华，幅员辽阔，历史悠久，地久天长，孕育了勤劳善良的中华儿女，也创造了灿烂辉煌的中华文明。俗话说：“十里不同风，百里不同俗。”作为中华文明的一朵奇葩，特色鲜明、丰富多彩的民风民俗总是那么叫人欣喜和鼓舞，她是我们民族世代相传沿袭而成的生活方式的模式化，是我们民族历史悠久厚重的见证，也是我们今天文化自信的土壤和基础。

中华传统节日则以宏大丰富的内容、绚烂缤纷的色彩展示了我国民族文化的壮丽画卷，展现了鲜活瑰丽的民俗风情，蕴含了深刻丰厚的文化内涵，寄托了中华儿女浓烈的民族情感，成为传承民族精神的纽带，也是中华民族的一份璀璨遗产。

一般来说，我国传统的节俗文化可以分为天文和人文两大类。天文从农历来讲，就是二十四节气，这是中华民族对天文的伟大发现，指导了我国几千年的农业生产和日常生活。从阴历来讲就是月亮的月圆月缺，即初月如钩、弦月如弓、满月如轮的月相。天文节日可归纳为“四时三元”，四时指春、夏、秋、冬四季，即春天的清明节、夏至前后的端午节、秋分前后的中秋节、冬至前后的腊八节；三元是指正月十五上元节、七月十五中元节、十月十五下元节。人文节日可归纳为“七重八节”。如果说二十四节气是中华民族对天文现象的伟大发现，农历就是中华民族在时间体系上的伟大发明。所谓“七重”就是农历的正月正、三月三、五月五、七月七、九月九和二月二“龙抬头”、六月六天贶节。数字是中国人的第二语言，这一习俗也影响到对公历日期的“吉日”选择上。所谓“八节”即今天的元旦节、三八妇女节、五一劳动节、五四青年节、六一儿童节、七一建党节、八一建军节和十月一日国庆节。这些以公历记时的节日大部分是带有政治性的纪念日，从时间上均已超过60年，有的超过100年了，60年就是一个“甲子”，也是传统了，已形成了各种仪式上或行政上、生活上的一些惯例，为人们所认同或传承。

中国古代传统节日之产生乃至传承发展的根源在于千年的农耕文明，具体又表现在三个方面：服务于农业生产的中国农历历法为其刻画出具体的时令节点；中国人最为推崇的“天人合一”的哲学思想排除了这些时令节点之于古人的外在性和偶然性，并赋予它们更多形而上意义；为古代社会历代统治阶级所尊崇利用的儒家伦理学说丰富了节日的社会基础和实用意义以及实施形式。

在这些传统节日中，最具影响力的主要有春节、元宵节、上巳节、清明节（含寒食节）、端午节、七夕节、中元节、中秋节、重阳节、冬至节、腊八节等流传久远的传统节日。这些传统节日，不但是博大灿烂的中华文化中不可或缺的一部分；而且因其浪漫的传说、丰厚的习俗、特有的仪式在民族血脉里一直延展了几千年，至今不衰。像除夕的年夜饭、压岁钱、贴春联；像元宵节的灯会、闹元宵；上巳节的祓禊祈福、游宴；清明节的祭祖与踏青，端午节的龙舟竞渡与吃粽子，七夕节的乞巧，中元节的祭祀，中秋节的月饼与团圆，重阳节的登高、赏菊与敬老，腊八节的煮粥等等，它们特有的文化内涵和生命力持续地塑造着我们民族的性格，也成为我们民族形象的标志。

从民俗学的角度来看，传统节日是民族文化的载体，它浓缩着一个民族的精神，标志着一个民族的风格，凸显着一个民族的价值，展示着一个民族的追求。比如春节作为中国民俗节日中第一盛大节日，其历史之悠久，流传之广泛，影响之巨大，人数之众多，可以说举世无双。因此，只有在中国才有全世界最大的人口流动现象——“春运”。其节俗内容丰富多彩，形式多样，参与性强，充满着人性伦理之美、天伦人情之美、文化艺术之美和人生智慧之美以及人生社会之美。又比如说，重阳节，除了较为普遍的登高、赏菊、饮酒、吟诗等习俗外，各地还有些独特的过节形式。比如在陕北，重阳节被看作是正式收割的季节。白天收割，夜里登山。许多人都摘几把野菊花，回家插在女儿的头上，以之避邪。比如在福建莆田，人们沿袭旧俗，要蒸九层的重阳米糕，我国古代就有重阳“食饵”之俗，“饵”即今之糕点、米果之类。宋代《玉烛宝典》云：“九日食饵，饮菊花酒者，其时黍、秫并收，以因黏米嘉味触类尝新，遂成积习。”清初莆田诗人宋祖谦《闽酒曲》曰：“惊闻佳节近重阳，纤手携篮拾野香。玉杵捣成绿粉湿，明珠颗颗唤郎尝。”一些地方的群众还利用重阳登山的机会，祭扫祖墓，纪念先人。比如福建莆田人在重阳祭祖者比清明为多，故俗有以三月为小清明，重九为大清明之说。由于福建莆田沿海，九月初九也是妈祖羽化升天的忌日，乡民多到湄洲妈祖祖庙或港里的天后祖祠、宫庙祭祀，求得保佑。比如四川宜宾，重阳节这一天，读书人会在龙腾山岑山楼聚会，纪念唐代诗人岑参，称为“岑公会”。民间旧俗，重阳前后要以糯米蒸酒，制醪糟。俗话说：“重阳蒸酒，香甜可口。”1989年，我国将重阳节定为老人节。2012年12月28日，中国全国人大常委会表决通过新修改的《老年人权益保障法》。法律明确规定，每年农历九月初九为老年节。每到这一日，各地都要组织老年人登山秋游，开阔视野，赏菊吟诗，交流感情，锻炼身体，回归自然或开展其他敬老爱老活动。

中华文化的精髓不在帝王将相的宫廷斗争，也不在将军勇士们的沙场厮杀，而是在亿万人民的实际生活之中。作为人类文化的一个重要组成部分，节日文化是中华传统文化的集中表现，最集中而全面地包含了民族文化的风采和底蕴以及中国人的思维、情感、性格、行为方式等。这些传统节日同中华文明中的其他传统文化一样，承载并体现了中华民族和中国人民在修齐治平、尊时守位、知常达变、开物成务、建功立业过程中培育和形成的基本思想理念，如革故鼎新、与时俱进的思想，脚踏实地、实事求是的思想，惠民利民、安民富民的思想，道法自然、天人合一的思想等，可以为人们认识和改造世界提供有益启迪，可以为治国理政提供有益借鉴。传承发展中华优秀传统文化，就要大力弘扬讲仁爱、重民本、守诚信、崇正义、尚和合、求大同等核心思想理念。中华传统节日文化蕴含着丰富的道德理念和道德规范，如天下兴亡、匹夫有责的担当意识，精忠报国、振兴中华的爱国情怀，崇德向善、见贤思齐的社会风尚，孝悌忠信、礼义廉耻的荣辱观念，体现着评判是非曲直的价值标准，对中国人的行为方式有潜移默化的影响。传承发展中华优秀传统节日文化，大力弘扬自强不息、敬业乐群、扶危济困、见义勇为、孝老爱亲等中华传统美德，有助于个体、家庭与社会的和谐幸福。中华传统节日文化中也积淀着多样珍贵的精神财富与人文情怀，如求同存异、和而不同的处世方法，文以载道、以文化人的教化思想，形神兼备、情景交融的美学追求，俭约自守、中和泰和的生活理念等，是中国人民思想观念、风俗习惯、生活方式、情感样式的集中表达，滋养了独特丰富的文学艺术、科学技术、人文学术，至今仍然具有深刻影响。传承发展中华优秀传统节日文化，有利于促进社会和谐，鼓励人们求真向上向善尚美。

二

在中华民族几千年的历史上，围绕着这些节日，历代帝王将相、墨客骚人甚至平民百姓，留下了太多脍炙人口的优美诗篇和美丽传说。这些诗词作品以其独特的形式记载了节日习俗的特点，生动地反映了历代人民在这些传统节日里的情形和心绪，充分展现和发展了传统节日的意义，更加丰富了传统节日的内涵，并对后世产生了深远的影响。

比如除夕守岁是中国人“春节”时早就有的一种饶有风趣的习俗，最早是为了驱赶“百鬼”，而随着历史的发展和社会的进步，驱赶百鬼的含义早已荡然无存，而今已成为人们除旧迎新、合家共享天伦之乐的家庭年会了。古往今来，无数文人雅士对“守岁”这一习俗进行了描绘，为后人留下了大量脍炙人口的诗篇。

南北朝时期梁代徐君倩在《共内人夜坐守岁》一诗中写道：

欢多情未极，赏至莫停杯。酒中喜桃子，粽里觅杨梅。
帘开风入帐，烛尽炭成灰。勿疑鬟钗重，为待晓光催。

这首诗从多个侧面反映了1500多年前人们在除夕欢乐待晓的情景。

唐朝诗人李德裕有诗《岭外守岁》云：

冬逐更筹尽，春随斗柄回。寒暄一夜隔，客鬓两年催。

诗歌抒写了人们除夕守岁一夜不眠的具体描述以及对时光的独特感悟，而唐朝的另一位诗人张说的《钦州守岁》一诗，则生动地再现了那些因公务在身或因其他原因而不能与家人团聚的远方游子在除夕守岁不眠的思乡之情：

故岁今宵尽，新年明旦来。愁心随斗柄，东北望春回。

到了宋代，除夕守岁之俗更是盛行。大文学家苏东坡所写的“儿童强不睡，相守夜欢哗”等著名诗章，就表现了孩子们除夕守岁时的喧闹场面。至于说皇宫之内或一些富贵人家，除夕守岁也自然要比普通人家豪华得多。唐太宗李世民曾以《守岁》为题写有一首诗：

暮景斜芳殿，年华丽绮宫。寒辞去冬雪，暖带入春风。
阶馥舒梅素，盘花卷烛红。共欢新故岁，迎送一宵中。

唐朝另一位诗人杜审言也同样写有一首诗《守岁》，把那些达官贵人守岁时谈笑风生、酒绿烛红的景象淋漓尽致地表现了出来：

季冬除夜接新年，帝子王孙捧御筵。
宫阙星河低拂树，殿廷灯烛上薰天。
弹弦奏节梅风入，对局探钩柏酒传。
欲向正元歌万寿，暂留欢赏寄春前。

各地又有各地的风俗具体特点。比如在江苏省苏州市的寒山寺，有一种“击钟分岁”的守岁习俗：除夕的夜半时分，敲钟 108 下，意在消除人世间的 108 种烦恼。唐朝诗人张继在《枫桥夜泊》一诗中对此进行了生动的描述：

月落乌啼霜满天，江枫渔火对愁眠。
姑苏城外寒山寺，夜半钟声到客船。

今天，人们在除夕守岁之时，听着那寒山寺钟声的袅袅余音，无不思念起自己的亲人和远方的朋友，无不沉浸在幸福和欢乐的海洋之中。其实，这种“撞钟分岁”辞旧迎新的习俗至今在我国流传，近年有光大之势。

在中国，不管时光如何流转，不管社会怎样变迁，不管政权如何更迭，不管人事怎么代谢，乡土观念和亲情观念早已化成深厚的情结，植根于中华儿女的骨髓之中，植根于中华大地的节俗文化中。“独在异乡为异客，每逢佳节倍思亲”（王维《九月九日忆山东兄弟》）、“清明时节雨纷纷，路上行人欲断魂”（杜牧《清明》）、“但愿人长久，千里共婵娟”（苏轼《水调歌头》）等古代诗句，正是体现了这种情结。数以亿计的中国人不管天寒地冻，筋疲力尽，不管路途遥远，车船劳顿，都渴望着回家和父老乡亲相聚，这不是一种最大的乡恋吗？几亿乃至十几亿人民共同收看央视的春节晚会，随着晚会的节目同欢同乐，同唱同笑，塑造出了中华民族这个大家庭祥和的浓浓氛围，这不就是一种最大的亲情吗？

三

然而，令人担忧的是，随着全球化浪潮的席卷，我国经济改革与对外开放的推进，西方凭借雄厚的资本与超强的科技，其文化与思想的独特传播，世界文化的多样性正在悄然消逝，多元化的格局已然发生改变，我们的传统节俗文化似乎正在走向衰落甚至缺失。

早在1920年10月，英国哲学家罗素绕道苏联西伯利亚抵达中国，在对中国进行了近两年的考察后就曾指出，中华民族是一个非常具有自由精神、懂得快乐的民族，可令他担心的是，在中国也像西方一样“现代”之后，现代社会的理性和效率，会不会放弃善和美的传统理想的追求。我们今天再来反思这位“世纪智者”多年前说过的话，确实有着前瞻性。在经济全球化、政治多极化、文化多元化的大背景下，随着中国从封闭的计划经济转为开放的社会主义市场经济，随着中国加入WTO，中国主动向世界敞开大门，各国文化进入中国，造成了对传统文化包括节日文化的冲击。在西方强势文化冲击下，中华民族传统文化受到严峻挑战，当然，也迎来了难得的转型机遇。

当看到那些似曾相识的中华民俗文化在其他许多地域盛行时，我们一度“麻木”的心灵遭遇了极大的震颤。我们开始了反思，开始逐渐捡拾起那些本属于自己民族的文化精神产品。特别是韩国把“端午节”申办成他们的非物质文化遗产并且成功，更是触动了中华民族的神经脉络，一个自己民族好端端的传统节日却活生生地变成了异域文明，这不仅让民族的尊严和情感受到了侵扰，更引起了整个社会上下更大、更深入的反思：对于自己民族之根的传统文化，我们还有多少尊重、了解与继承？当整个社会都在追逐经济利益最大化的时候，我们的文化何在？传统何在？民俗何在？方向何在？底气何在？自信何在？当经济力量崛起时，是否就意味着可以丢掉民族的传统文化？设想一下，一个忘却了自己文化根基和历史的民族，还能有“民族”这一概念的内涵吗？它还能行走多远？

如何在“现代”的架构中，好好地承传涵纳传统的自由与快乐？如何在现代社会，做一个有着美好伦理道德与审美情感涵养和美好向往的中国人？在全球化浪潮中，如何保持我们的民族“定力”并坚定民族自信？又如何发展和创造新时代的新文化？这确实值得我们省思。

中华民族的伟大复兴，首先是文化的复兴，传统节日的民俗文化建设就是一项极为重要的内容。仅有经济的富有，科技的发达，军事的强大，这只是虚假的不可持久的表象。只有文化的繁荣，教育的兴盛，民族素质的提升，才能可持续发展和强盛。比如说，端午节，自汉朝以来，各地端午纪念的历史人物不尽相同，楚地纪念屈原，越地纪念勾践、曹娥，吴地纪念伍子胥等，他们都有地方历史传说作为依据，也就是地方文化情感需要有这些先贤作为投射对象，作为激励或安抚。但在历史长河的淘洗中，中国人最终选择了屈原，屈原由地方先贤上升为祖国先贤，甚至是世界名人，屈原成为端午节期间被祭祀的重要的爱乡爱国人物。屈原在端午祭祀中的脱颖而出，是中国历史文化的选择，忧国忧民的人道情怀、忠诚故国的高尚品质、纯美无瑕的人格魅力，流芳千古的华美诗篇，让屈原光耀千载。中国历史上历经分裂与战乱，中国人民多灾多难，中国需要屈原这样的忠臣，正是有了屈原这样的民族忠臣，中华民族才能屹立不倒。端午节纪念屈原这样的爱国先贤，不仅来自民俗社会的朴素情感，“楚人悲屈原，千载意未歇”（苏轼《屈原塔》），更应该是国家层面的祭祀。“疾风知劲草，板荡识诚臣。”“多难兴邦”，中国在崛起过程中，必定会受到许多磨难与挑战，我们注定需要培养屈原那样的对国家忠诚、对人民悲悯的家国情怀。包括其他节日比如与清明节密切相关的寒食节所附会的纪念介子推的传说故事。它们都在共同演绎一个永恒的民族话题：爱国。“为什么我的眼里常含泪水？因为我对这土地爱得深沉……”（艾青《我爱这土地》）

在中国，不管时光流转，不管社会变迁，不管政权更迭，不管人事代谢，乡土观念和亲情观念早已化成深深的情结，植根于中华儿女的骨髓之中，植根于中华大地的节俗文化中。中华民族的伟大复兴，最为深厚和深刻也最为基础和广大的是文化的自信与复兴，传统节日的民俗文化建设就是一项极为重要的内容和途径。我们今天倡导文化自信，首先就在于我们拥有数千年的文化积累、文化传统和文化习俗，是一种自觉的、清醒的、有根的自信。

我们应该有这个自信和自觉。

四

紧紧围绕实现中华民族伟大复兴的中国梦，深入贯彻新发展理念，坚持以人民为中心的工作导向，坚持以社会主义核心价值观为引领，坚持创造性转化、创新性发展，坚守中华文化主体立场、传承中华优秀传统文化基因，不忘本来、吸收外来、面向未来，汲取中国智慧、弘扬中国精神、传播中国价值，不断增强中华优秀传统文化的生命力和影响力，建设属于我们时代的新文化，积淀具有时代性的节俗文化，创造中华文化新辉煌。我们选择了中华民族十一个主要传统节日，对其节日的起源、演变、习俗内容以及如何继承与发展等进行了简明扼要的梳理与介绍，提出我们的当下思考与建议，并选取历代诗人的节日诗词佳作，予以简明扼要的释义或点评，期望给中国普通百姓和节俗文化爱好者提供一本简明的节日文化读物；同时给大中小学校提供一本用于爱国主义与人文素质教育的通俗易懂的传统节日读本。现在读者诸君看到的《传统节日里的诗词》一书，原来书名为《诗词里的节日——今天，我们怎么过节日》，出版社编辑征求我的意见，反复琢磨，最终敲定现在的书名。特此说明。

2023 年 5 月 21 日成稿
2024 年 2 月 18 日修订
中国酒都

目 录

CONTENTS

第一章　春节

第一节　起源与演变 …… 001
第二节　诗词里的春节 …… 004
第三节　今天，我们怎样过春节？ …… 010

第二章　元宵节

第一节　起源与演变 …… 017
第二节　诗词里的元宵节 …… 018
第三节　今天，我们怎样过元宵节？ …… 024

第三章　上巳节

第一节　起源与演变 …… 028
第二节　诗词里的上巳节 …… 030
第三节　今天，我们怎样过上巳节？ …… 037

第四章　清明节

第一节　起源与演变 …… 039
第二节　诗词里的清明节 …… 045
第三节　今天，我们怎样过清明节？ …… 051

第五章 端午节

第一节 起源与演变 054
第二节 诗词里的端午节 056
第三节 今天，我们怎样过端午节？ 064

第六章 七夕节

第一节 起源与演变 069
第二节 诗词里的七夕节 070
第三节 今天，我们怎样过七夕节？ 079

第七章 中元节

第一节 起源与演变 082
第二节 诗词里的中元节 083
第三节 今天，我们怎样过中元节？ 093

第八章 中秋节

第一节 起源与演变 096
第二节 诗词里的中秋节 097
第三节 今天，我们怎样过中秋节？ 105

第九章 重阳节

第一节 起源与演变 109

第二节　诗词里的重阳节 ………… 111
第三节　今天，我们怎样过重阳节？ ………… 120

第十章　冬至节

第一节　起源与演变 ………… 122
第二节　诗词里的冬至节 ………… 124
第三节　今天，我们怎样过冬至节？ ………… 135

第十一章　腊八节

第一节　起源与演变 ………… 139
第二节　诗词里的腊八节 ………… 141
第三节　今天，我们怎样过腊八节？ ………… 147

附录　微识二十四节气 ………… 150
主要参考文献 ………… 177
后记　过节的意义 ………… 179

第一章 春节

第一节 起源与演变

春节作为中华民族民俗节日中的第一大节日，其历史之悠久、流传之广泛、影响之巨大、人数之众多、内容之丰富，可以说举世无双。其节俗内容丰富多彩、形式多样、参与性强，充满着人性伦理之美、天伦人情之美、文化艺术之美和人生智慧之美。

春节，在民间也叫过年或叫过大年。关于“年”的来历有多种传说。其中，民间较为普遍的传说认为，“年”是一头怪兽，平时躲在山里，岁末年初交替的时候会下山来找东西吃，碰到人便吃人。人们害怕受到“年”的伤害，便在岁末三十的晚上全家人都闭门在家，通宵不睡，并且点亮灯火或吃团圆饭时放响鞭炮，吓走“年”。等到“年”被吓走后，才在正月初一出门庆贺，互相拜年，再放爆竹以示庆祝。

这自然是一种关于“年”的传说，不足信。其实，“年”的真正起源应是先民对自然规律尤其是四季循环周期性变化的认识，它根源于华夏上古先民的时间感受与时间意识。“年”就是一个周期性循环的时间概念，既是终点也是起点。这种意识与概念在中国距今至少有三千年的历史。我国第一部词典《尔雅·释天》有“夏曰岁，商曰祀，周曰年，唐虞曰载”。

本来，“年”的本义是农作物成熟丰收之意。“年”作为历数单位也由此而来。所以，甲骨文中的“年”是象形字，意为人背禾，指庄稼收成。许慎《说文解字》曰：“年，谷熟也。”在一年一度的谷物收获之后，先民们要举行庆祝活动，祭祀神灵，感恩天地，并祈求来年风调雨顺，五谷丰登。所以，上古时期，谷禾一年一熟，先民们自然萌生了谷禾成熟一次便是一年的概念。大概在周代，过年的习俗基本确定，成为先民最为隆重而向往的日子。西汉武帝时期，四川阆中人落下闳等天文历法学家依照夏历制定太初历，将岁首定为正月，年节由此基本固定了下来，后世天文学家不断改进完善。

应注意的是我们今天的春节在古代或者说在民国之前不叫春节，而叫岁首、正旦、元旦、元日、新正等。将公历一月一日定为元旦，将农历正月初一称为春节，始于 1912 年的中华民国。也就是说，“春节”一说始于民国元年的 1912 年。

中国的过年，按照传统习俗，时间一般是从腊月二十三开始（也有学者认为是从腊八开始），直到正月十五元宵节结束，历时 20 天左右。民间广泛流传的忙年歌通过童谣的方式，较为完整地描绘了各地主要是汉族民间的春节习俗。

二十三，祭灶官；二十四，扫房子；
二十五，磨豆腐；二十六，蒸馒头；
二十七，去赶集；二十八，把猪杀；
二十九，快打酒；年三十，包饺子。

从民谣中可以知道辛勤劳作了一年的中国老百姓对过年的期待和对来年幸福美好生活的殷切期望。当然，这种忙年歌，各地略有区别，但都大同小异，都是在为过年忙碌地准备着。更早的话从腊八就可以开始过年了。故宋代诗人陆游《十二月八日步至西村》：

腊月风和意已春，时因散策过吾邻。
草烟漠漠柴门里，牛迹重重野水滨。
多病所须唯药物，差科未动是闲人。
今朝佛粥交相馈，更觉江村节物新。

腊八节，即每年农历十二月初八，融汇了中国上古时期就有的腊祭习俗、佛教文化和道教文化，形成了老百姓高度认可的节日习俗，主要习俗是祭祖、喝腊八粥等。民间有“小孩小孩你别馋，过了腊八就是年”之说，过腊八节意味着拉开了过年的序幕。所以，也有人认为，过年的时间始于腊八，止于元宵，前后历时三十多天。

接下来就是小年，即腊月二十三。小年的节俗主要是祭祀灶王爷，民间传说，每年腊月二十三，灶王爷都要上天庭向玉皇大帝禀报一年来这家人的善恶，请求玉皇大帝赏罚。古人有“男不拜月，女不祭灶”的习俗。如宋代诗人吕蒙正《祭灶诗》：

一碗清汤诗一篇，灶君今日上青天。
玉皇若问人间事，乱世文章不值钱。

春节的主要习俗有：重头戏是除夕夜吃年夜饭，又叫团年饭、年更饭、分岁宴等。它起源于上古先民的年终祭祀仪式。吃完团年饭，接着就是发压岁钱，又叫押岁钱、守岁钱、压崇钱等。压岁钱是小孩子新年最期盼的礼物。长辈给晚辈压岁钱，以祝福晚辈平安度岁，健康成长。给压岁钱，各地的习俗也因地而别。压岁钱不在乎多少，是心意，是祝福，是希望。然后是守岁。古人没有电视、手机、网络、平板、电脑等互联网时代的电子产品。吃过年饭后，人们围坐在火炉旁，拉家常、聊未来、谈天说地，或者玩扑克、打麻将、做游戏等，文人雅士的吟诗赋词、写文章则是士绅官僚之家的保留节目。再接着就是正月初一开始的新年庆贺与拜年，一直到正月十五元宵节整个春节就过完了，大家又开始忙碌新的生活！在长 20 余天的春节里，人们穿新衣、放爆竹、祭祖先、访亲友、喝春酒、许心愿、赏灯会等。在中国民间，春节有“一鸡二犬三猪四羊五牛六马七人八谷九猫十耗”的谚语，即相应的日子对应相应的动物，预示着来年的运程状况。一般认为，当日若风和日丽就是好运，反之亦然。当然，不同地域的人们也有不同的理解，比如当日刮风下雨，人们也可以认为是好兆头，有风调雨顺的意思。其实，无论是艳阳高照还是刮风下雨，都是一种自然天象，但都寄寓着中国人祈求美好未来的愿望。

2006 年 5 月，春节被国务院列入首批国家级非物质文化遗产名录。2024 年 12 月，春节被联合国教科文组织列入人类非物质文化遗产代表作名录。

第二节 诗词里的春节

诗因节生，节以诗传。百节年为首，春节是中国的新年，是我们最热闹、最隆重的传统节日。历代文人墨客为我们留下了丰厚的节日诗词，下面我们摭拾一二，助兴佳节。

元日述怀

唐·卢照邻

筮仕无中秩，归耕有外臣。人歌小岁酒，花舞大唐春。
草色迷三径，风光动四邻。愿得长如此，年年物候新。

在诗里，诗人表达了恬淡悠然的心境和对大自然的热爱，抒写了诗人对年景与物候变化的关心，抒发了美好生活的常驻之情。新的一年，愿国泰民安，好环境好心情，佳节佳境常相伴！

应诏赋得除夜

唐·史青

今岁今宵尽，明年明日催。寒随一夜去，春逐五更来。
气色空中改，容颜暗里回。风光人不觉，已著后园梅。

诗歌写出了在一种不知不觉中的自然物候变化以及大自然的蓬勃生机，除夕，一夜连两岁，五更分二年。新的一年，祝愿我们每一个人都焕然一新，抖擞精神，蓬勃向上，元气满满。

除夜有怀

唐·孟浩然

五更钟漏欲相催，四气推迁往复回。
帐里残灯才去焰，炉中香气尽成灰。
渐看春逼芙蓉枕，顿觉寒销竹叶杯。
守岁家家应未卧，相思那得梦魂来。

诗中极写自然变化，人事代谢，光阴易逝，四季推移，岁月无痕，人间有情。除夕，看残灯去焰，遥想故乡，家家团聚守岁，与亲人团聚。节日思亲之情跃然纸上。亲人团聚，除夕守岁，是春节永恒的习俗。

田家元日

唐·孟浩然

昨夜斗回北，今朝岁起东。我年已强仕，无禄尚忧农。
桑野就耕父，荷锄随牧童。田家占气候，共说此年丰。

诗人说，昨夜北斗星的斗柄转向东方。今天早晨起床，新的一年开始了。在农村，农夫扛着锄头在种满桑树的田野里耕作，还有牧童在旁放牧耕牛。看看天象，推测新的一年，应该又是一个丰收之年吧。新年新收获，愿你硕果累累。新的一年，愿国泰民安，风调雨顺，丰衣足食，万事遂心。

除夜

唐·高适

旅馆寒灯独不眠，客心何事转凄然？
故乡今夜思千里，愁鬓明朝又一年。

这首诗诗风平易自然，感情真实质朴。全诗没有一句生僻字句和华丽辞藻，都是浅近的口语，却表达出除夕的强烈感受；将游子“独在异乡为异客，每逢佳节倍思亲”那种彻夜不眠的真实感受写得淋漓尽致，感人肺腑。

除夜宿石头驿

唐·戴叔伦

旅馆谁相问？寒灯独可亲。一年将尽夜，万里未归人。
寥落悲前事，支离笑此身。愁颜与衰鬓，明日又逢春。

这首诗一向被认为是唐人五律中的名作。全诗写出了沉思追忆的关心与回到现实时的自嘲，蕴含着无穷的悲怆感慨和不尽的凄苦况味，写情切挚，寄慨深远。所以，即使是过节，不同的人生经历也有不同的切身感受：有人欢乐有人愁！

客中守岁在柳家庄

唐·白居易

守岁尊无酒，思乡泪满巾。始知为客苦，不及在家贫。
畏老偏惊节，防愁预恶春。故园今夜里，应念未归人。

诗人说，因为在他乡过除夕，特别思念亲人，无心情喝酒，而伤心流泪。此诗颇有“独在异乡为异客，每逢佳节倍思亲”和“在家千日好，出门一日难”的真切感慨。语浅情浓，结语特别有韵味。

元日

宋·王安石

爆竹声中一岁除，春风送暖入屠苏。
千门万户曈曈日，总把新桃换旧符。

在爆竹声中，旧的一年已经过去。迎着暖和的春风，开心地喝着美酒。新年第一天，初升的太阳照耀着千家万户的门窗，人们纷纷摘下旧的桃符，换上新的春联。愿你新年新气象，好运连连来。

除夜对酒赠少章

宋·陈师道

岁晚身何托，灯前客未空。半生忧患里，一梦有无中。
发短愁催白，颜衰酒借红。我歌君起舞，潦倒略相同。

诗人说，在这除夕，不知寄身在何处？灯前还有客人相伴。半生都在忧患里度过，理想在现实中无法实现。忧愁和烦恼催白了头发，憔悴苍老的容颜因饮酒而发红。我唱歌来你跳舞，我俩潦倒的景况大致相同，是同病相怜的朋友。

除夜雪

宋·陆游

北风吹雪四更初，嘉瑞天教及岁除。
半盏屠苏犹未举，灯前小草写桃符。

除夕，窗外雪花飘飞，室内慢饮美酒、写春联、贴福字，其乐融融，其节日气氛跃然纸上。瑞雪兆丰年，寒去暖来。愿你天天好心情好自在，天天开心，时时快乐。

正月五日出游

宋·陆游

久作闲人不惯愁，新春天气更清柔。
未为辽海千年别，且继斜川五日游。
细柳拂头穿野径，落梅黏袖上渔舟。
此身定去神仙近，倚遍江南卖酒楼。

古人过节有许多习俗。在春节期间，人们说话做事、待人接物、生活起居等都有不少禁忌。尤其是一年一度的春节，每天能做什么、不能做什么都有讲究。但过了正月初五的“破五”日就可以随意一些了，或者说基本恢复到除夕前的生活状态了。所以，陆游这天换上新装出游，穿野径、赏春景、上渔舟、到酒楼、喝春酒，仿佛神仙一般，优哉游哉，好不快乐。

除夜

宋·戴复古

扫除茅舍涤尘嚣，一炷清香拜九霄。
万物迎春送残腊，一年结局在今宵。
生盆火烈轰鸣竹，守岁筵开听颂椒。
野客预知农事好，三冬瑞雪未全消。

该诗描绘出了一幅春节除夕风俗图卷。祭灶官、做卫生、放爆竹、吃年饭、喝美酒、守岁夜、话来年、盼丰收……愿天下所有的人都天天开心、岁岁平安、心想事成、美梦成真！

除夕

宋·文天祥

乾坤空落落，岁月去堂堂。末路惊风雨，穷边饱雪霜。
命随年欲尽，身与世俱忘。无复屠苏梦，挑灯夜未央。

这是一位真英雄的绝笔诗。此诗作于元朝至元十九年即公元 1282 年，是文天祥平生度过的最后一个除夕夜，此时他已被关押三年，仍然不屈不降。诗人说，天地之间一片空旷，时光就这样离我而去。在人生的末路上，因为世间风雨而受尽惊吓，在偏僻的边塞饱受冰雪寒霜。如今生命与这年节一样很快就要结束了，我和我一生的经历也会被时光遗忘。以后再也梦不到过新年的时候喝屠苏酒、在漫漫长夜里与亲人团聚、拨动灯火的夜话场景了。

已酉新正

元·叶颙

天地风霜尽，乾坤气象和。历添新岁月，春满旧山河。
梅柳芳容徲，松篁老态多。屠苏成醉饮，欢笑白云窝。

时值新春佳节，天地间风霜尽去，山河锦绣，大地一片生机盎然。翻开新年的日历，春天的气息代替了往昔沉郁的旧气象。梅花和柳树展现了全新的姿态，松树和翠竹也有了新的变化。新年了，大家因为高兴喝得大醉，欢声笑语响彻云霄。新的一年，愿你万事如意，笑口常开，美好相随。

客中除夕

明·袁凯

今夕为何夕，他乡说故乡。看人儿女大，为客岁年长。
戎马无休歇，关山正渺茫。一杯柏叶酒，未敌泪千行。

每逢佳节倍思亲，这是人性的自然流露，也是人类的永恒话题。这首诗是作者因公务除夕旅居外地所写，道出了佳节期间滞留外地的苦闷与无奈，写出了盼望与亲人团聚而不能的伤感。新的一年，愿亲人健康平安，愿岁月静好，愿家人团聚！

除夜太原寒甚

明 · 于谦

寄语天涯客，轻寒底用愁。春风来不远，只在屋东头。

诗歌虽写除夕的寒冷天气，读来却给人以春天的喜悦和暖意。语言浅显而寓意深刻，有似西语“冬天已经来临，春天还会远吗”。

拜年

明 · 文徵明

不求见面惟通谒，名纸朝来满敝庐。
我亦随人投数纸，世情嫌简不嫌虚。

此诗可见明代社会春节拜年的情景，颇有民俗价值。拜年啦！新的一年，美好的祝福，愿人们拥有和谐的人际关系，和美的家庭氛围，和平的世界秩序！愿世界“各美其美，美人之美，美美与共，天下大同”！

除夕

清 · 赵翼

烛影摇红焰尚明，寒深知己积琼英。
老夫冒冷披衣起，要听雄鸡第一声。

这首诗书写了除夕守岁的情景。室外是大雪纷飞，积雪满地，寒气逼人。室内是烛光摇曳，灯火通夜，围炉守岁。好一个童心不老的诗人，守岁迎新，人老心不老，老而益壮，冒冷披衣，静候新年第一天雄鸡的第一声报晓。

竹枝词

清·蔡云

五日财源五日求，一年心愿一时酬。
提防别处迎神早，隔夜匆匆抱路头。

农历正月初五，俗称破五节。“破五”是“送年”的意思，过了这一天，一切就慢慢恢复到大年除夕以前的生活状态。这一天，人们黎明即起，燃放鞭炮、打扫卫生、祈求财运，表达了劳动人民辟邪除灾、迎祥纳福的美好愿望。诗中所指的“路头”就是民间所说的“五路财神”。“抱路头”即“迎财神”，蔡云的这首《竹枝词》描绘的就是正月初五迎财神的情形。

第三节　今天，我们怎样过春节？

今天，有人感叹传统节日包括春节过年的年味淡了。我们还需要过节吗？今天，我们怎么过节呢？传统节日对现代社会有何价值或意义？我们从传统节日里又将获得什么？如何获得？如何传承传统节日或怎样实现传统节日的现代转换或重构？如此等等，都需要我们进行思考并做出回答。可以说，这是一个既现实又重大的问题，既是一个民族性又是一个世界性的问题，同时也是一个常识性又复杂化的问题。

我们知道，节日一般分为自然物候节日和社会人文节日两大类。前者基于自然，是人类对自然认知与把握的结果，比如中国的二十四节气，这是中华民族先民对自然天文的伟大发现，指导了我国几千年的农业生产和日常生活。因此，中国的传统节日有着明显的农业特色，如四时八节，就是根据农业的生产节奏安排的。这就是我们通常所说的“年”，它的原始意义就是农作物的成熟丰收。比如古代说到某年丰收了，就说这年“有年”了。华夏民族的主要发源地黄河、长江流域是传统的农业区域，生活在这块土地上的先民的信仰大多与农业有关。信仰是人们对自然的认识的反映，人们一方面适应自然，另一方面又利用自然为自己服务，对自然的适应与利用就构成了传统信仰的基础。比如，在古代早就形成了二十四节气这样的标志农业生活的时间体系，节日就在这上面发生。当然这个体系也在不断发生变化，今天，二十四节气作为节日的功能比较弱化了，但作为自然物候的作用仍在发挥。

我们知道，任何节日的起源、演变与形成都与人们的生存与生活息息相关。换句话说，也就是与我们每一个人息息相关，无论是人类早期的图腾崇拜、神灵崇拜，还是后来的权威崇拜与偶像崇拜。因此，我们可以说，生活就是过节，过节就是生活，或者说过节是我们生存与生活的一种特定时刻的特定方式，节日是我们平常生活的一个节点或亮点。所以，只要人类社会存在，那么节日便与之同在。在中国，任何一个节日，它的日常生活性元素始终占据着主导，即中华民族的传统节日是一种生活节日。只不过，节日的习俗、内容、表现形式以及个体感受一直处于发展变化之中。

中国是一个悠久的文明古国，在长期的农业社会生活中形成的精神文化传统是天人合一的哲学思想。在农耕文明生存环境下形成的传统节日，在传统节日的流变中形成节日传统习俗，而节日传统习俗往往具有超越地域、阶层、时代甚至国家、民族、人种的意义。这些传统习俗反映在节日物质生活层面，主要有衣食住行的生活消费传统，其中节日饮食传统尤其鲜明和重要。因此，中国的传统节日大多有一种或几种特定的节日食品，在物资匮乏的时代，人们对物质生活的满足与享受是一件基本而重大的生存法则，所以《礼记·礼运》有：礼，始之于饮食。每一种节日食品都负载着深厚的民俗情感和文化内涵，节日食品的献祭、馈送与分享构成了中国节日物质生活的重要传统。这些传统反映在节日社会生活层面，主要体现农耕时代宗法制社会的人伦传统。从中国的传统节日看，大多是以家庭或家族为主的内聚性节日。传统节日活动注重家庭或家族成员间的团聚与交流，将节日看成培育家庭意识与强化家族人伦的民俗时间。中国节日生活传统中人伦传统是其中的核心传统。节日人伦传统浸润在中国节日民俗生活之中，在节日活动中随处可见。古代中国是一个伦理社会文化张扬的社会，伦理文化浸透到社会各个角落，而传统节日自始至终充满着这种伦理情怀。这些节日传统体现节日精神生活方面则集中反映了人与自然、人与社会和人与自身的关系三个方面的认知情感。从传统节日祭祀天地的民俗中可以经常看到与神灵、与祖先对话的仪式，在自然时序的转接点与农事季节时跟神灵沟通、与先人沟通，可以获得一种神灵或先人护佑的心理满足。这些节日民俗仪式与祭祀活动、节日娱乐与节日游艺等是民众精神生活的重要表达方式，是促进民俗共同体的内聚意识，保证民俗共同体的内部和谐的重要途径和手段。

我们认为，一个民族的传统文化是一个民族的身份证、基因谱，在世界经济逐渐趋向一体化的今天，各种文明交冲加剧，文化趋向多元化。在我们追求现代化的过程中，如果不能处理好民族文化与外来文化的关系，很可能就会将我们的身份证丢掉，改变自己的基因谱。我们在与国际接轨的时候，如何将自己融入国际社会，同时又保持自己民族的文化个性，不让自己被别人消化掉，这确实是每一个民族在实现现代化过程中面临的一个无法回避的问题。如果我们做得好，不仅可以保存自己的民族文化及其特色个性，而且还可以凭借这种独特文化走向世界，得到其他国家人民的关注和尊重。中华民族具有悠久丰厚的民族文化，应该有这样一种文化自信：让西方人也来过中国人的春节或其他中国传统节日，也让他们来体验中国人的悲欢离合、喜怒哀乐，把中国人民的节日变成世界人民的节日。

那么，我们今天怎么过春节呢？

人乃万物之灵。节日文化始终以关注人为中心，人是节日文化的主体，人创造了节日文化，反过来节日文化又在塑造着人。节日文化塑造人的方式有很多，有诸多的因素，而且是一个潜移默化的过程，也就是说，它将一个自然的生物人塑造为一个社会的文化人，这并非一朝一夕完成的，而是一个综合系统而又漫长复杂的过程。春节是中华民族所有传统节日中最隆重、最具有全息性的一种节日文化，因此，春节中人的活动应该是所有节日中最突出的，是熏染塑造或体现展示人的个性、人的精神的一个最好的时间段。人在这个节日活动中，所展现出来的文化个性，实质上体现了一种民族性格。

事物都是发展变化的。面对日新月异的社会变化，传统节日文化必须适应现代生活的发展，它才能够得到延续。春节习俗的延续只能依靠生活本身。中国人普遍都有现代化发展的强烈愿望，保持既有传统文化和现代化发展并不矛盾，关键在于如何理解保持传统，根据传统文化的基本原理，创造性地予以发展，使传统节日文化和现代生活协调一致，相互促进，这样就可以既获得现代化发展，又使传统节日文化得到新生，而传统节日文化发展的深厚土壤在于民众的认可、接受与创新。因此，我们必须一方面要牢记过去，继承优秀传统文化；另一方面要与时俱进，创新节日文化。

我们知道，一个节日的形成与演变需要经历一个漫长的过程，具备大体三大要素，即固定的称谓、确定的时间和特定的内容，而且其内容要通过一定的仪式予以确认、呈现或表达，也就是我们常说的要有仪式感，节日就是一种充满仪式感的特定时刻。这就是我们常谈的仪式对于节日的意义。仪式对于节日文化来讲，意义很重大。仪式本身就是一种习俗，而节日习俗本身就是由各种各样的仪式构成的，是一种约定俗成的不断传承发展的东西。比如中国人的春节从开始到结束，大约二十天。它有相对稳定的节日习俗，由各种各样的仪式构成。在农村，过年要大扫除、祭灶、上坟、迎神、祭祖、团年、守岁、拜年等都是仪式。仪式乍看起来，似乎仅仅是一些没有多大意思的形式。实际上，它是民间长期传承的产物，它具有特定的文化象征意义、社会教化功能和感情宣泄作用。通过仪式，我们可以对祖先、圣贤、神灵等进行缅怀纪念，也可以通过仪式来表现或传承民族、家族、家庭的传统，也可以通过仪式对晚辈进行感恩教化。比如过年的拜年仪式，晚辈给长辈拜年，实际上就是在教育尊重老人、孝敬父母；长辈给晚辈发压岁钱，希望晚辈平安成长，一代比一代优秀。一个家族的人在一起团聚、拜年，增强了家族的凝聚力与向心力，走亲访友可以密切亲朋好友之间的感情等等，这些仪式所起到的潜移默化的教育熏染作用往往是在平时说教所办不到的。又比如燃爆竹、放鞭炮，它是一种娱乐，也是一种仪式。燃爆竹、放鞭炮作为一种仪式，它具有驱邪赶怪、感情宣泄、营造气氛的作用。一个人忙忙碌碌过了一年，在过年的时候点上一束鞭炮，听着鞭炮喧天，看着火星璀璨，会感到一种精神上的满足和振奋，整个一年的辛勤劳累都在这一瞬间获得了意义。当然，我们今天放鞭炮、放烟花这种习俗，和当初驱“年”避邪的目的就相去甚远。随着社会的发展，可能这种意义也会渐渐地减弱甚至失掉，所以，我们今天放爆竹，更多的是营造一种祥和、欢乐、幸福节日气氛的心理需求，既然民众有需要，政府就应当允许，在保证安全和环保的情况下，定点定时，安全燃放。节日燃放烟花爆竹，解禁与否，都应该以维护中国人的民俗文化习俗和满足民众心理需求为上，政府在管理与民意之间应当求得一个最大公约数，包括我们的立法更应代表并体现民意，而不是一禁了之或放任自流。以防火安全为例，古代社会，多为木质结构或茅草房屋，而今多为钢筋混凝土结构，谁更防火，不言而喻。过去多为土制鞭炮，今天的鞭炮安全性更高，而且消防能力比之古人不可同日而语。

春节的仪式内容非常丰富，每一个环节上都有着非常丰富的内容，它是中国人发自内心的行为，具有丰富的精神内涵与情感内涵，具有深厚广大的民众基础和民族特色。比如说年前的准备，要贴春联、贴窗花、贴年画，要准备年夜饭，除夕守岁。正月里，拜年、发压岁钱、穿新衣、走亲访友、吃春酒、踏青偷菜、玩月赏灯等。这些活动都是春节的基本节俗内容。今天这些内容已经有了变化。比如说，过去除夕晚上的请神仪式没有了，只保存了这种祭祖的仪式，这跟社会的发展和人们信仰的变化有关系；比如过去除夕夜家家放爆竹，现在城市化生活居住方式的变化，大城市一般都禁放烟花爆竹，但农村还可以放；比如过去年三十除夕围炉守夜，现在大多收看央视春晚；等等。所以，我们叫作“俗随时变”，即风俗是随着时代的变化而变化的。一些适合时代发展的风俗会延续下去，一些不太符合的风俗可能就要渐渐地改变甚至消失，而新的习俗也会应运而生。因此，如何实现传统民俗向现代转变是一个很自然也必然且漫长的过程，人们会有选择。选择那些有益的东西，逐渐地补充到春节习俗里面去，这是包括年俗在内的所有节日习俗发展变化的不变规律。

从时间纵向看，传统节日起源并形成于古代农耕文明所依托的社会生活背景、生产方式和近现代以来所依托的工业文明与后工业文明社会生活背景、生产方式有着巨大的差异，自然不能完全满足现代人的生活与精神需求，也不可能一成不变地保留下来。须知，当一种文化所产生与形成的社会形态都发生了变化或不复存在了，那么，这种文化必然要发生变化甚至消亡。

从空间横向看，全球化浪潮一浪高过一浪，世界经济一体化，各种观念、思想、文化的交流越来越频繁，各种文明之间的冲突与融合更加复杂而激烈，不同节日文化与习俗相互影响。现代生活方式的个性化与多元化，也需要多样化的节日，不同层位的人们大可从那些节日中获得情趣，一些西方节日必然会影响部分国人，这也是情理之中的事情，不必大惊小怪、惊诧莫名。这些新的或西方节日与传统节日没有根本性的矛盾，可以互补。因为无论何种性质的节日，它们的主旨都是要服务于社会生活，满足于民众的需要。这就是文化交流，文明互鉴，也是节日形成与演变的根本。

任何民俗的传承是需要民俗心理和社会生活环境的。当社会生活环境发生了变化，人们的生活方式发生了变化，民俗心理必然发生变化。然而这种心理变化并不似社会变迁那样快捷，需要与新的生活方式进行长时间的整合。中国的春节文化习俗历史悠久，源远流长，延续至今已经有大约四千年的历史。春节民俗的产生、发展和演变是中国人智慧和文化积累的过程，如果说中国有自己的文化节日的话，春节当之无愧，首屈一指。因为春节对于中国人的物质生活和精神生活的需求来说太重要了。春节是中国的综合性传统文化节日，包含了众多的内容，具有悠久的历史和深厚的文化底蕴。俗话说“俗随时变”，春节习俗传承、演变到今天，在形式和内容上都有了很多变化，但不管怎样，这一古老的习俗一直流传到今天，使春节年年过，常过常新。中国的春节习俗是农业社会的产物，作为年节，它体现了东方民族的特色。不仅中国境内的众多民族把春节作为一年中最盛大的节日，而且在东亚、东南亚各国受汉文化圈影响的许多国家，如韩国、日本、越南、新加坡以及全世界的华人世界也都把春节作为重要的节日。这说明春节习俗的影响之广之深，是其他民族传统节日所不能比拟的。

至于未来的春节会是什么样子？在春节时人们干些什么？出现什么新的仪式？这可能还得等待时间来回答，只要中国人依然在春节放假，他们肯定就要找点事来干，就会赋予春节新的内涵和意义。因此，我们认为在全球一体化的进程中保存和发展文化的多元性是完全可能的，而且对我们来说是非常有必要的。比如春节，它已经包容了中国传统文化的多种元素，而且是多元文化的最核心、最基本的内涵，也包含了现代甚至当下文化。传统文化是在历史演绎中累积起来的文化，它既包含传统，也接受了现在，还指向未来。传统文化是民族特性的文化展示与立身之本，它要保持特色就要传承历史，要面向未来，就必须接纳现代。传统文化的现代化不是一个简单的替代过程，而是一个复杂的交融与转化、继承与发展过程。传统与现代如同一条奔腾的大河，很难区分传统与现代的界限。我们不能割断水的源头，也不能拒绝新的水源的汇入，更不能阻止它的奔流。在世界正变成地球村的时代，我们特别要有文化上的自觉，要积极主动地参与民族文化的建设，积极保护优秀传统文化资源，不能任其生灭。同时尊重、学习、吸收世界其他民族的文化，如社会学家费孝通先生所说，世界民族文化应该是“各美其美，美人之美，美美与共，天下大同”。

春节作为中华民族节日文化的一部分，它包含多方面的文化因素，其中最主要的有三：一是特殊的时间节点。它在岁末年初，是一个时间转换的关口，有着除旧迎新的特殊意义。二是相对稳定的传统民俗内容。它有节日传说、节日仪式、节日娱乐等自古相传的节日民俗内容，其主旨是中华民族伦理文化的集中展示，其核心是天伦人情、人间大爱。三是具有特殊的文化功能。它以多种多样的节日仪式来调节人与自然、人与社会、人与人、人与自我的关系，而这些关系与人类是同生共存的。因此，我们有理由相信，包括春节在内的传统节日不会像悲观者认为的那样节日的气氛与味道越来越寡淡，甚至将消失。相反，它们会以适应新时代生活方式的新形态永远存在。

2023 年 12 月 22 日，第 78 届联合国大会经协商一致通过决议，将中国春节（农历新年）确定为联合国假日。中国常驻联合国代表团临时代办戴兵在联大决议通过后表示，春节作为中国传统民俗节日，不仅是阖家团圆、辞旧迎新的日子，传承着和平、和睦、和谐等中华文明理念，也承载着家庭和睦、社会包容、人与自然和谐共生等全人类共同价值。许多国家和地区把春节作为法定节假日，全球约五分之一的人口以不同形式庆祝春节。戴兵指出，中国推动春节成为联合国假日，是践行全球文明倡议、倡导尊重世界文明多样性的务实行动。春节正式成为联合国假日，充分展现了中华文明的传播力、影响力，将有力促进世界不同文明的交流互鉴，积极体现联合国倡导的多元、包容文化价值理念。

第二章　元宵节

第一节　起源与演变

中华传统节日以其悠久绵长的历史、宏大丰富的内容、绚烂缤纷的色彩展示了我国民族文化的壮丽画卷，展现了鲜活瑰丽的民俗风情，蕴含了深刻丰厚的文化内涵，寄托了中华儿女浓烈幽微的民族情感，成了传承民族精神的牢固纽带，也是中华民族文化中的一份丰厚璀璨的文化遗产。

元宵节是中国春节的一部分，或者说它是中国年的压轴戏。春节，又叫过年，作为中国民俗节日第一大节日，其历史之悠久、流传之广泛、影响之巨大、人数之众多、内容之丰富，可以说举世无双。其节俗内容丰富多彩、形式多样、参与性强，充满着人性伦理之美、天伦人情之美、文化艺术之美和人生智慧之美。

中国的过年，按照传统习俗，时间一般是从腊月二十三开始，直到正月十五元宵节结束，历时 20 天左右。

元宵节作为中国传统节日，在“四时八节”中，具有独特的文化品性，其习俗的形成有一个较长的过程，其根源于民间开灯祈福的古俗。元宵的民俗与除夕的民俗相对应，如果说，除夕夜是关门团年，在新旧时间转换的过程中，人们暂时中断了与外界的联系，处于相对静止状态；那么，元宵夜与之相对，人们以喧闹的户外游戏游玩方式，打破静寂，“元宵闹夜”便成为明显的节俗标志。

元宵节又称上元节、元夜、灯节、元夕等。正月是农历的元月，古人称夜为宵，所以称正月十五为元宵节。“一年明月打头圆”，元夜良宵，月光如水。新年的第一个月圆之夜，在民俗生活中有着不寻常的意义。开灯祈福通常在正月十四夜便开始试灯，十五日夜为正灯，民间要点灯盏，又称送灯盏，以进行祭神祈福活动。中国人元宵节素有燃灯表佛、赏花灯、吃汤圆、吃元宵、猜灯谜、放烟花、踩桥、偷菜等一系列传统民俗活动，而这些民俗活动主体来源于华夏本土文化，同时又吸收了外来佛教文化，具有很大的兼容性。故隋炀帝杨广《正月十五日于通衢建灯夜升南楼诗》云：

法轮天上转，梵声天上来。灯树千光照，花焰七枝开。

“闹元宵”之“闹”就生动地映射出元宵节俗活跃的文化精神，元宵的锣鼓、锣鼓的声音，元宵的灯火、灯火的绚丽，元宵的游人、游人的喧闹等，编织着元夕的良宵美景，构成了中国传统节俗的独特景观。元宵的“闹”，是多种节俗形式的合奏，最突出的是声音与色彩。

附元宵趣事一则：

司马光是有名的礼法之士，他的夫人在某年的元宵夜打扮着准备出门看灯，司马光说：“家中点灯，何必出看？”夫人回答说：“兼欲看游人。”司马光说：“某是鬼耶？”

可见，在宋代，元宵夜观灯，男女皆倾城而出，其热闹可见一斑。

男女相看的“看人”，是宋明以后传统社会中稀见的机会，平时限制在各自封闭的时空中的人们，是难得有聚会的日子。正月元宵是一年中唯一的“狂欢”节，人们在这一时段打破了日常秩序的约束，实现着本性的感官的愉悦。人们祈求婚姻的美满、子嗣的绵延、身体的康健与年岁的丰收。所以，有人说，元宵节又是中国古代社会的情人节。

2008 年 6 月，元宵节被国务院列入第二批国家级非物质文化遗产名录。

第二节　诗词里的元宵节

元宵节一过，意味着整个春节年节过完，人们便开始新的一年忙活了。历代抒写元宵节的诗词甚多，下面我们择取元宵节诗词数首，与读者诸君奇文共赏。

十五夜观灯

唐·卢照邻

锦里开芳宴，兰缸艳早年。缛彩遥分地，繁光远缀天。
接汉疑星落，依楼似月悬。别有千金笑，来映九枝前。

诗歌写出了初唐的成都人们欢度元宵节观灯盛况的生动情景，一面是家庭和美幸福的宴会，一面是装饰一新的元宵彩灯，一面是游园赏灯的人们，一面是热闹繁华的市井，好一派国泰民安、歌舞升平的节日景象，具有民俗价值。“愿得长如此，年年物候新。”

正月十五夜

唐·苏味道

火树银花合，星桥铁锁开。灯树千光照，明月逐人来。
游妓皆秾李，行歌尽落梅。金吾不禁夜，玉漏莫相催。

全诗词采华艳，绚丽多姿，音调和谐，韵致流溢，意境与题材和谐，犹如一幅唐代社会元宵节的风情画：火树银花不夜天，万人空巷赏灯来，歌声不停，笑语不断，流连忘返，终夜观灯，取消夜禁。愿新的一年，干得起劲，收获满满，玩得开心，耍得尽兴！

上元夜

唐·崔液

玉漏银壶且莫催，铁关金锁彻明开。
谁家见月能闲坐，何处闻灯不看来。

诗歌描写唐代京城长安元宵夜人们倾城出动赏灯观月的繁华热闹景象。我国素有元宵赏灯玩月的习俗。崔液的组诗《上元夜》七绝共六首，描写当时京城长安元宵赏灯的繁华景象。这是其中的第一首。诗歌道尽了人声鼎沸、车如流水马如龙、灯火闪烁、繁花似锦，倾城彻夜赏灯的京城元宵夜景，大唐盛世如在眼前。

正月十五日夜月

唐·白居易

岁熟人心乐，朝游复夜游。春风来海上，明月在江头。
灯火家家市，笙歌处处楼。无妨思帝里，不合厌杭州。

诗人选取典型的元宵意象：春风、明月、灯火、夜游、笙歌等，运用通俗浅易的语言，写出了人们忘我的游兴、愉悦的心情、欢乐的景象，再现了唐代杭州的元宵佳节的繁华与热闹。愿祖国大地，春风吹拂，繁花似锦，美丽如画！

正月十五夜闻京有灯恨不得观

唐·李商隐

月色灯光满帝都，香车宝辇隘通衢。
身闲不睹中兴盛，羞逐乡人赛紫姑。

诗歌极写元宵节赏灯的热闹，以此衬托诗人不能游历其中的内心遗憾。诗中呈现了月色与灯光的相互辉映，京城玩月赏灯的热闹以及唐代乡下元宵占卜的习俗，颇具民俗价值。愿新的一年，人人都能万事如意，心想事成，美梦成真！

生查子·元夕

宋·欧阳修

去年元夜时，花市灯如昼。月上柳梢头，人约黄昏后。
今年元夜时，月与灯依旧。不见去年人，泪湿春衫袖。

有人认为，中国的元宵节类似西方的情人节，也是一个浪漫的节日。欧阳修的这首诗就书写了“美丽的一遇”、物是人非、不堪回首、遗憾与感伤。语言平淡，意味隽永，表达了词人所欲吐露的爱情遭遇的伤感和苦痛体验，体现了真实、朴素与美好的统一。新的一年，愿天下有情人爱情甜蜜、都成眷属！

蝶恋花·密州上元

宋·苏轼

灯火钱塘三五夜，明月如霜，照见人如画。帐底吹笙香吐麝，更无一点尘随马。

寂寞山城人老也！击鼓吹箫，乍入农桑社。火冷灯稀霜露下，昏昏雪意云垂野。

这首词通过南方杭州与北方密州两处元宵节的对比描写，写出了不同地域不同风俗的元宵景象。中国地域辽阔，城乡地域差别，南方与北方的差别，或沿海与内地的差别，自古而然。但无论在哪里，人们对节日文化的认同却是一致的，这就是文化的魅力与伟大，这就是文化自信的根本。愿中华儿女，无论身居何处，皆应心系祖国，爱我中华！

临江仙·都城元夕

宋·毛滂

闻道长安灯夜好，雕轮宝马如云。蓬莱清浅对觚棱。玉皇开碧落，银界失黄昏。

谁见江南憔悴客，端忧懒步芳尘。小屏风畔冷香凝。酒浓春入梦，窗破月寻人。

这首词上片写想象中的汴京元夜之景，极写其繁华与热闹。下片写现实中羁旅穷愁，无法排遣的一种无奈心情。上片想象虚写，下片经历实写；一虚一实，虚为宾，实为主，形成强烈对比。新的一年，愿天下所有的人都得其所愿，幸福满满！

永遇乐·落日熔金

宋·李清照

落日镕金，暮云合璧，人在何处。染柳烟浓，吹梅笛怨，春意知几许。元宵佳节，融和天气，次第岂无风雨。来相召、香车宝马，谢他酒朋诗侣。

中州盛日，闺门多暇，记得偏重三五。铺翠冠儿，捻金雪柳，簇带争济楚。如今憔悴，风鬟霜鬓，怕见夜间出去。不如向、帘儿底下，听人笑语。

这首词是李清照晚年在杭州的抚今追昔之作。作者将在北宋京城汴京和南宋京城临安过元宵节的情景对比展开，借以抒发自己的故国之思、故园之情。词的上片写元宵佳节寓居异乡的悲凉凄清心情，着重对比客观现实的欢快和她主观心情的凄凉。词的下片着重用作者南渡前在汴京过元宵佳节的欢乐心情来衬托当前的凄凉景象，形成鲜明对比。新的一年，让我们不忘过去，记住美好，立足现实，放眼未来，创造更加美好的生活！

青玉案·元夕

宋·辛弃疾

东风夜放花千树，更吹落、星如雨。宝马雕车香满路，凤箫声动，玉壶光转，一夜鱼龙舞。

蛾儿雪柳黄金缕，笑语盈盈暗香去。众里寻他千百度，蓦然回首，那人却在，灯火阑珊处。

这是一首流传千古的元宵节名作。上片写元夕之夜灯火辉煌、游人如云的热闹场面。下片写不慕荣华、甘守寂寞的一位美人形象。美人形象便是寄托着作者理想人格的化身，颇富隐喻性。新的一年，愿祖国物丰民安、蒸蒸日上、欣欣向荣！愿每一个人都有个性、全面发展，想你所想，心随人愿！

菩萨蛮·元夕立春

宋·范成大

雪林一夜收寒了，东风恰向灯前到。今夕是何年，新春新月圆。

绮丛香雾隔，犹记疏狂客。留取缕金德，夜蛾相并看。

此词写出了元宵节恰逢立春日，寒去春来，作者内心由衷的喜悦。上片写元宵佳节景象，用语自然；下片写元宵节盛装出游的人们，富有情趣。祝福新的一年，新春月圆，心想事成，人人皆得所愿！

元宵

明·唐寅

有灯无月不娱人，有月无灯不算春。
春到人间人似玉，灯烧月下月如银。
满街珠翠游村女，沸地笙歌赛社神。
不展芳尊开口笑，如何消得此良辰。

此诗用语通俗清新，自然天成，富有生活情趣和节日气息。典型意象：灯、月、人，交相辉映，春、节、情，相辅相成。新的一年，愿你笑口常开，岁月不老，青春永驻！

鹧鸪天·元宵后独酌

明·杨慎

千点寒梅晓角中，一番春信画楼东。收灯庭院迟迟月，落索秋千翦翦风。
鱼雁杳，水云重，异乡节序恨匆匆。当歌幸有金陵子，翠斝清尊莫放空。

这首词，上片描写元宵灯会景况，寓意深远；下片抒写元宵饮酒听曲，令人浮想联翩。文字间内含异乡漂泊与时光流逝之叹，这也是词人贬谪僻远蛮荒之地处境的真实写照。新的一年，愿我们珍惜时光，奋力拼搏，不负韶华，不负时光！

燕京杂咏

清·查嗣瑮

六街灯月影鳞鳞，踏遍长桥摸锁频，
略遣金吾弛夜禁，九门犹有放偷人。

这首诗呈现了清代社会元宵夜的情景：大街上灯月交辉，夜色如昼，夜禁开放，老百姓活动相对自由，甚至包括元宵以偷菜采青为戏，不以为意。元夕“偷青”的习俗由来已久，据说魏晋时期便有相关记载，主要是窃取他人蔬园里少许的青菜，主人见之假装诟骂谴责但并不当真，认为因此可以获得吉兆。

元夕诗

清·施闰章

燕台夜永鼓逢逢，蜡炬金樽烂漫红。
列第侯王灯市里，九衢士女月明中。
玉箫唱遍江南曲，火树能焚塞北风。
惟有清光无远近，他乡故国此宵同。

这首诗描写了清初的元宵节，举国同欢、官民同乐、天下和乐的热闹场景。新的一年，新的开始，新的征程，新的期望，愿病毒消失，人民安康，岁月静好！

第三节　今天，我们怎样过元宵节？

今天，我们怎样闹元宵？或者说，作为历史悠久、文化丰厚的传统元宵节如何实现创新性继承与创造性发展？

首先，我们得了解元宵节所蕴含的华夏先民的宇宙时间观念。元宵节之所以特别，除了与春节相连外，还与中国人的月亮崇拜相关。古人在对日月的观察中，很早就发现了月亮阴晴圆缺的时间规律，感受到月亮盈亏的变化对自然物候与人类生命节律的影响。因此，以月亮的变化作为记时的历法依据，形成了影响深远的太阴历的历法体系。后来，随着人们观察能力的提升、观察技术的改进与生活方式的变化，太阳历在中国上古时期逐渐占据优势地位。但中国自有历史记载以来一直使用的是阴阳历，阴阳历将太阳回归与月亮朔望两个不同的时间周期加以协调，使人们的时间生活既符合月亮盈亏的变化，又合乎四季流转的节律。在阴阳历中朔日成为岁月时间的起点，望日地位下降。正月望日地位的凸显是在西汉中期以后，汉武帝太初历的颁行为元宵节地位的奠定提供了契机。太初历是阴阳合历的历法，它采用夏历建寅的方式，将正月定为一年之首月，正月一日为元正，正月十五日晚上升起的月亮乃是新年的第一轮圆月，这就是元夕（元宵）的意义。元夕（元宵）处在新岁之首，其地位因此超过一般月份的望日。所以，作为农历新年的第一个望日与月圆之夜，在民俗生活中有着不寻常的意义。

其次，我们要知道元宵节有哪些民俗活动以及这些民俗活动的内涵与寓意。据史料记载，元宵节的节俗内容主要有祭祀太乙神（北极星神）、燃灯祈福、玩月赏灯、猜灯谜、走百病、舞狮子、打铁花、吃元宵、吃汤圆、偷菜采青、玩月踏桥等，古代社会连平日隐居深闺的女子这时也有了难得的出游玩乐的机会。“男妇嬉游”是元宵特有的人文景观。的确，平时因忙于家务或囿于门禁而陷身闺阈的女性，也只有在元宵节里才得以正当地跨出家门，并且堂堂皇皇地盛装出游——打扮得光鲜亮丽、花枝招展，在公共空间里赏月观灯、猜谜、看百戏、玩游戏，可以招摇过市，甚至可以约会心上人。此夜，她们没有了日常生活中性别的羁绊、家庭牵累与夜禁忌讳，可以开开心心地乘兴而游、兴尽而归。

总之，“元宵闹夜”成为明显的节俗标志。“闹元宵”之“闹”就生动地映射出元宵节俗活跃的文化精神。元宵的锣鼓、元宵的灯火、元宵的歌舞、元宵的杂技百戏、元宵的游人等，编织着元夕的良宵美景，构成了中国传统节俗的独特景观。元宵的“闹”是多种节俗形式的合奏，其中最突出的是声音与色彩，将过年的节日气氛推向高潮。声音首先是锣鼓声，其次是歌舞声，再次是人流声，最后是叫卖声。色彩首先是游人的衣装，其次是歌舞表演者的服装，最后是灯饰的色彩与光亮以及达官贵人的香车宝马的装饰等，这些构成了元宵之夜亮丽而独特的风景。在元宵的嘉年会里，人们无问高低贵贱，无问男女混杂，无问缁素不分。换言之，元宵节乃以日夜接续、城乡交通、男女杂处、官民同乐，以及雅俗并陈的方式，暂时颠覆了礼法所调控定位的日常规矩，将年节推向最后的高潮。

从这些节日传统民俗内容中，我们如何继承并进行当下转换，以适应现代社会生活呢？

元宵的节俗意义与岁首密切相关，这不仅因为它在时间上与元日连接，更是年节的一个有机组成部分，如民谚所说：“三十的火，十五的灯。”同时它传承了古代太阴历的岁首部分习俗。因此，在元宵节中年节民俗浓郁，颇具特色。如果说春节是一台由家庭向乡里街坊逐次展开的社会大戏的话，那么元宵就是这台大戏的压轴节目，它是社区民众情感、意愿、信仰的集中表现。由于是特定时日的特定社会表演，因此元宵之夜在中国民众社会生活中具有狂欢的性质。在年节高潮之后，也提醒人们应开始新的一年的劳作了。作为岁首之节，我们认为它具有提示惜时的功能。

因此，在急剧变革的现代社会，元宵节的很多习俗仍然影响着我们的生活。比如阖家团圆、包元宵、吃汤圆、话离别、许心愿；比如举家出游赏月观灯，作最后的狂欢；比如看戏观影，做最后的放松；比如郊游踏青采青健身，再看一眼家乡故园……然后，各自奔赴自己的工作岗位，开始新的生活、工作、学习等，临别前，相互嘱托，相互祝福，期待来年春节再聚时，我们都有各自的收获与长进。

人，总是生活在可以期待的不确定性与希望愿景中。

所以，在急剧变革的当代社会，传统元宵所承载的节俗功能已被日常生活所消解，人们逐渐失去了曾经共同的节日兴趣。今天，繁复的元宵节俗已简化为“吃元宵”的食俗或“逛灯市”的游玩。在此情况下，政府如何当好设计师、导演及监管者或服务者的多重角色，我们可以从历代统治者的经验中获得有益启示与借鉴。

中国的元宵节一直是在官方庆典与民间习俗的交会点上，官方一方面固然宣示对民间习俗的尊重，另一方面也意图将传统节庆纳入政治秩序的掌控之中。元宵节虽是属于全民的节日，民众是节日的主体，但官方往往是参与者、导演者和监控者。从古代社会的元宵节庆的场域里，我们正可看出官方与民间是一种既依存又紧张的依附关系。历代统治阶层意图透过元宵节庆，展现承平岁华、与民同乐的盛世景象。然而这种景象需要民众的配合参与，才能上演，才能成功，才能实现预期，于是，官方结彩张灯，当然得开放夜禁，让百姓游观赏灯玩乐。其实民间的活力与韧性，也正反映在与官方权威的角力中，官方“点灯”在上在先，而借着元宵夜禁的开放，百姓尽可以“点灯”之名，享受狂欢“放火”的乐趣。出于种种缘故比如防火需要、防止聚众闹事、防盗等，尽管历代官方都曾尝试禁止元宵灯节的庆典，但民间狂欢的节目从未从历史舞台上消失。在彩灯烟火、金鼓喧声的锦绣排场里，充街塞陌的游观男女，易性变装的化妆歌舞，踏桥采青的走百病，以及鄙俗秽色的笑闹演出，都在显示，民间习俗的活力乃具体而微地展现在其与官方威权的牵扯角力之中，节日的魅力延绵不断。

所以，像元宵节这样一个历史悠久、影响广泛的民族节日，它有着相当丰富的文化内涵与深厚的民众基础。就其社会娱乐的形式看，就有着充分利用的文化价值，在当今日益个性化的社会生活中，如果我们利用好元宵这一文化资源，有意识地为城市居民拓展社交娱乐的空间，鼓励广大市民积极参与，让传统的“闹元宵”变成城市社区的“狂欢节”，这对于释放个体情绪、缓解心理压力、和谐家庭人伦、友善邻里关系、拓展人际交流、活跃民族生气、稳固社会秩序、凝聚民众精神等有其特定的社会意义，值得我们珍惜并传承发展。就农村而言，充分利用元宵节这一文化资源，可以做好乡村振兴这篇大文章。除了保留传统的灯节之外，如今如火如荼的乡村文化节中的“村 BA”的各种赛事、购物、美食、展示等便是一次成功的尝试。

总之，如何做好政府搭台、百姓唱戏这篇节日文章，事关国计民生与文化传承，值得我们认真思考！

第三章　上巳节

第一节　起源与演变

上巳节，因在农历的三月初三举行，故又俗称三月三、春浴节、女儿节。在中国，尤其是汉民族聚居地区由来久远，有历史，但缺记载。在古代，由于生产力水平的低下和科学技术的落后，人们面对神秘的自然现象与复杂的人际社会，形成了对自然与祖先崇拜的信仰或原始图腾。可以说，所有的节日起源与演变都与此相关。上巳节是一个“祓禊”的节日，此时已是春暖花开，人们在水滨举行祭祀仪式，去污洗垢，消除不祥，祈祷祥瑞。古人认为，沐浴可以洗去霉气，迎来好运。

学界普遍认为，任何一个完整的民俗节日都需要具备三个基本因素：一是固定的时间；二是特殊的习俗；三是特定的名称。

上巳节在魏晋时期便固定在农历三月三，并逐渐演变成为在环境幽雅的水边饮宴和郊外游春的盛大节日。关于它的起源，有人认为起源于兰汤沐浴除垢辟邪的一种先民巫术活动。华夏先民认为，万物有灵，兰草作为灵物，具有香气袭人的特点，兰汤沐浴可以舒筋活血、清新提神、畅悦心境、振奋精神，所以古人在举行重大祭神仪式前，须先期进行沐浴斋戒，其中包括采用当时最好的沐浴方式——兰汤沐浴。另一种观点认为，上巳节起源于先民的生殖崇拜。祓禊的重要内容之一本是男女春日相欢、妇女祈孕的信仰行为，而持兰草或用香薰草药沐浴，具有唤起欲望的作用，犹如今天善用香水的美女往往使男性容易入迷。水是神秘的感生之物，水也是万物之源，妇女临河沐浴不仅欲洗去一冬的尘垢或不洁，也盼望或祈祷触水感孕而得子生育。这种行为是与原始因水而孕、近水祝殖信仰密切相关的。所以，有人认为上巳节就是古代中国的情人节或生育节。还有人认为，上巳节起源于轩辕黄帝的生日。相传三月三是黄帝的诞辰，故中原地区有“二月二，龙抬头；三月三，生轩辕”的说法。

总之，上巳节的历史由来已久，在上古时代已成为大规模的民俗节日。春和景明，春暖花开，人们走出家门，相集于水边，举行清除不祥的祓除仪式。《周礼》郑玄注：“岁时祓除，如今三月上巳如水上之类。”《论语》：“暮春者，春服既成，冠者五六人，童子六七人，浴乎沂，风乎舞雩，咏而归。”描写的应该就是当时祓禊的情形。祓禊，就是到水滨去洗濯，去除宿垢，让水冲走身上的灾晦之气，有祈福与保健等意义。《后汉书》：“是月上巳，官民皆洁于东流水上，曰洗濯，祓除去宿垢尘为大洁。”

魏晋时期，当时社会有崇尚自然、纵情山水的风尚。上巳节祓除灾异的意义大大减弱，而踏春赏游之意越发浓郁，尤其逐渐演变为皇室贵族、公卿大臣、文人雅士临水宴饮及吟诗赋文的优雅节日。

唐时，上巳节成为隆重的节日之一。节日的内容除了修禊之外，主要是春游踏青、临水宴饮。吴自牧在《梦粱录》中有记载：“唐朝赐宴曲江，倾都禊饮踏青。”写的便是上巳当日，长安城内男女老少盛服而出，在曲江畔宴饮、郊游的景象。杜甫的《丽人行》对此盛况亦有描写：“三月三日天气新，长安水边多丽人。”白居易在《三月三日谢恩曲江宴会状》一文中也记载了长安上巳节的盛况。

令人费解的是，宋代以后，三月三上巳节在北方销声匿迹，不见于官方文献记载，但在南方西南部分地区依旧流传。有专家认为，这或与中国地域辽阔有关，或与气候差异有关，或与新的王朝建立有关。

由此，我们可以肯定，上巳节是中华民族一个古老的传统节日，它既有祓禊祈福、洗浴辟邪的习俗，也有婚配求偶、生育求子的内容，还是一个游春踏青、聚会欢宴的盛大节日，而且随着时间的推移，游春踏青、聚会欢宴的意义越来越重要。

据有关资料记载，上巳节不仅在中国流传，也影响到邻国。比如三月三日本的女儿节就深受中国上巳节的影响。

2006 年 5 月，黎族三月三节被国务院列入首批国家级非物质文化遗产名录。

第二节　诗词里的上巳节

古代文人墨客给我们留下了丰厚的节日诗文，下面我们就来欣赏一下先辈书写上巳节的诗文佳作。

溱洧

先秦《诗经》

溱与洧，方涣涣兮。士与女，方秉蕑兮。
女曰：“观乎？”士曰：“既且。”
“且往观乎？洧之外，洵訏且乐。”
维士与女，伊其相谑，赠之以勺药。

溱与洧，浏其清矣。士与女，殷其盈矣。
女曰：“观乎？”士曰：“既且。”
“且往观乎？洧之外，洵訏且乐。”
维士与女，伊其将谑，赠之以勺药。

这是农历的三月间，溱河和洧河春水汤汤。人们按捺不住内心的兴奋，奔向河边，喜悦之情在心灵里疯长。岸上青草茂密，枝头鸟鸣啾啾，阳光像金子一样铺洒下来，叫人春心荡漾。男女相约去河边游玩。来到河边，只见男男女女，往来如织，人人手拿兰草和芍药，说说笑笑，将春天清爽的空气搅动得欢腾起来。“溱与洧，方涣涣兮。士与女，方秉蕑兮。”简简单单的十四个字，就为我们勾勒了一幅古时欢乐祥和的上巳游春图。

太康六年三月三日后园会

西晋·张华

暮春元日，阳气清明。祁祁甘雨，膏泽流盈。
习习祥风，启滞异生。禽鸟翔逸，卉木滋荣。

暮春时节，春暖花开，天清气明。淅沥春雨，润泽大地。习习春风，吹绿万物。鸟儿飞翔，百兽奔跑。万物复苏，欣欣向荣。诗歌给人以蓬勃生机，万类欣然之感，自然如此，人类亦然。

兰亭集序

东晋·王羲之

永和九年，岁在癸丑，暮春之初，会于会稽山阴之兰亭，修禊事也。群贤毕至，少长咸集。此地有崇山峻岭，茂林修竹，又有清流激湍，映带左右。引以为流觞曲水，列坐其次。虽无丝竹管弦之盛，一觞一咏，亦足以畅叙幽情。

是日也，天朗气清，惠风和畅。仰观宇宙之大，俯察品类之盛，所以游目骋怀，足以极视听之娱，信可乐也。

夫人之相与，俯仰一世。或取诸怀抱，悟言一室之内；或因寄所托，放浪形骸之外。虽趣舍万殊，静躁不同，当其欣于所遇，暂得于己，快然自足，不知老之将至。及其所之既倦，情随事迁，感慨系之矣。向之所欣，俯仰之间，已为陈迹，犹不能不以之兴怀。况修短随化，终期于尽。古人云：“死生亦大矣！”岂不痛哉！

每览昔人兴感之由，若合一契，未尝不临文嗟悼，不能喻之于怀。固知一死生为虚诞，齐彭殇为妄作。后之视今，亦犹今之视昔，悲夫！故列叙时人，录其所述。虽世殊事异，所以兴怀，其致一也。后之览者，亦将有感于斯文。

这是一篇不是诗歌胜似诗歌的序文，是“书圣”王羲之为公元353年（即晋穆帝永和九年）农历三月初三上巳日在会稽山阴的兰亭与名流高士谢安、孙绰等人举行风雅集会的诗文集而作，故曰《兰亭集序》。文章先序兰亭修禊事，因修禊而“群贤毕至”，说明作诗作序的缘由；又用“一觞一咏，亦足以畅叙幽情”描写了雅集时的情景，指明了《兰亭集》是一部游宴诗集，有众多的作者，诗是即席之作；结尾以“故列叙时人，录其所述”，说明成书的经过，又以“后之览者，亦将有感于斯文”，指出本书的意义。同时，作者善于借题发挥，从一次普通的游宴活动谈到了他的生死观、人生观、自然观等。所以，鲁迅先生说，魏晋时期是一个人与文化觉醒的时代。

三月三日率尔成章

梁·沈约

丽日属元巳，年芳具在斯。开花已匝树，流莺复满枝。

这首诗写出了农历三月三日上巳节的自然景象：天气晴朗，太阳高照。繁花满枝，鸟鸣树间。诗人认为，一年美景，尽在此日。

三日侍宴宣猷堂曲水诗

陈·江总

上巳娱春禊，芳辰喜月离。北宫命箫鼓，南馆列旌麾。
绣柱擎飞阁，雕轩傍曲池。醉鱼沉远岫，浮枣漾清漪。
落花悬度影，飞丝不碍枝。树动丹楼出，山斜翠磴危。
礼周羽爵遍，乐阕光阴移。

诗人说，在上巳这美好的日子里，自然万物欣欣向荣，一派和美，充满生机与活力。楼台亭阁，装饰一新。鱼儿在水中自在地游动，花儿从树枝间悄然飘落，人们一边欣赏音乐，一边饮酒赋诗，其乐融融，以至于忘记了时间的流逝。

三月三日曲江侍宴应制

唐·王维

万乘亲斋祭，千官喜豫游。奉迎从上苑，祓禊向中流。
草树连容卫，山河对冕旒。画旗摇浦溆，春服满汀洲。
仙籞龙媒下，神皋凤跸留。从今亿万岁，天宝纪春秋。

奉和圣制与太子诸王三月三日龙池春禊应制

唐·王维

故事修春禊，新宫展豫游。明君移凤辇，太子出龙楼。
赋掩陈王作，杯如洛水流。金人来捧剑，画鹢去回舟。
苑树浮宫阙，天池照冕旒。宸章在云表，垂象满皇州。

三月三日勤政楼侍宴应制

唐·王维

彩仗连宵合，琼楼拂曙通。年光三月里，宫殿百花中。
不数秦王日，谁将洛水同。酒筵嫌落絮，舞袖怯春风。
天保无为德，人欢不战功。仍临九衢宴，更达四门聪。

奉和圣制上巳于望春亭观禊饮应制

唐·王维

长乐青门外，宜春小苑东。楼开万井上，辇过百花中。
画鹢移仙妓，金貂列上公。清歌邀落日，妙舞向春风。
渭水明秦甸，黄山入汉宫。君王来祓禊，灞浐亦朝宗。

围绕上巳节，唐代著名诗人王维创作了不少应制之作，这是对诗人人格与才华的考验。这些诗作，大多写景绘物、歌功颂德，其艺术价值不高。但通过这些作品可以窥见当时社会风气与习俗，具有一定的民俗价值。比如临水祓禊、载歌载舞、踏青春游等。

丽人行

唐·杜甫

三月三日天气新，长安水边多丽人。
态浓意远淑且真，肌理细腻骨肉匀。
绣罗衣裳照暮春，蹙金孔雀银麒麟。
头上何所有？翠微㔩叶垂鬓唇。
背后何所见？珠压腰衱稳称身。
就中云幕椒房亲，赐名大国虢与秦。
紫驼之峰出翠釜，水精之盘行素鳞。
犀箸厌饫久未下，鸾刀缕切空纷纶。
黄门飞鞚不动尘，御厨络绎送八珍。
箫鼓哀吟感鬼神，宾从杂遝实要津。
后来鞍马何逡巡，当轩下马入锦茵。
杨花雪落覆白苹，青鸟飞去衔红巾。

炙手可热势绝伦，慎莫近前丞相嗔！

诗开篇即点出时间和地点：长安三月三日上巳节。诗人用细腻的笔法、富丽的词采，描画出一群体态娴雅、姿色优美的丽人。接着又言其服饰之华丽和头饰之精美，所有这些无不显示出丽人们身份的高贵。全诗场面宏大，词采鲜艳富丽，笔调细腻生动，杨家兄妹奢华的生活以及君王的昏庸和时政的腐败从场面情景和情节细节中自然而然地流露了出来。

采桑子·清明上巳西湖好

宋·欧阳修

清明上巳西湖好，满目繁华。争道谁家，绿柳朱轮走钿车。

游人日暮相将去，醒醉喧哗。路转堤斜，直到城头总是花。

这首词是写清明与上巳时节西湖的美景以及热闹繁华的游春景象，描绘出人们游春的欢乐气氛，从而衬托西湖之美。词作重点描绘了日暮回城时的喧哗熙攘情景，结句颇有意味，突出了游春的主题。

蝶恋花·上巳召亲族

宋·李清照

永夜恹恹欢意少。空梦长安，认取长安道。为报今年春色好，花光月影宜相照。

随意杯盘虽草草。酒美梅酸，恰称人怀抱。醉里插花花莫笑，可怜春似人将老。

这首词具有丰富的思想内容，深厚的感伤情绪，写得委婉曲折，层层深入而笔意浑成。虽为短章却有长调铺叙的气势，寄予了作者的国破家亡之恨和对国家社稷之情。美好的春光与欢快的酒宴并未给词人带来欢快，相反更勾起对故国的思念和内心的惆怅。

鹧鸪天·上巳风光好放怀

宋·辛弃疾

上巳风光好放怀。忆君犹未看花回。茂林映带谁家竹，曲水流传第几杯。
摛锦绣，写玫瑰。长年富贵属多才。要知此日生男好，曾有周公祓禊来。

诗人说，农历三月三的上巳节，正是游赏春天的好时光，茂林修竹，曲水流觞，尽兴畅饮，铺叙文章，展现才华……在这美好的日子里，周公也会为你祓禊，保佑你早生贵子。

上巳游显亲寺题其壁

宋·方岳

芳草垂杨水底天，半晴半雨作春妍。
幅巾道服篷船坐，不是诗仙即酒仙。

这首诗描写了上巳节的风景：芳草茵茵、杨柳依依，或雨或晴，但春光都那么美好，如此美景，自然要荡舟、要游春、要饮酒、要吟诗，“不是诗仙即酒仙”。

上巳感怀

元·仇远

一春无况懒游山，风景依然三月三。
十里杨花深似雪，马蹄无路入江南。

三月之美，美在春天。春天之美，美在风景。风景之美，美在游人。游人之美，美在心境。以审美的眼光、美好的心态观赏大自然，一切皆美。杨柳依依，杨花似雪，打马而过，神清气爽。处处江南，处处美景。

上巳日紫峡山人席上

明·朱朴

三月三日天气新，杏花飞帘散馀春。
但将酩酊酬佳节，何用浮名绊此身。

城外青山如屋里，东家蝴蝶过西邻。
一年好景君须记，能解闲行有几人。

这首描写上巳节的七律诗善于化用典故、借用名句，描绘出生机蓬勃、酒香花香的暮春时节的景色，而且诗人悠闲自得，悠游其间，自在自适，超然俗外，尤其令人羡慕！其中“何用浮名绊此身”借用杜甫《曲江》（二首）中的诗句，整首诗都取意于杜甫《曲江》，但意趣有别于工部。

上巳燕至

明·汤显祖

一回憔悴望江南，不记兰亭三月三。
花自无言春自老，却教归燕与呢喃。

诗歌语言清浅，自然流畅，寓意丰厚，哲理深刻，物我无间，融于一体，写出了对美好的渴望，对江南的向往。

鹧鸪天·上巳同夫子游丰台

清·顾太清

南郭同游上巳天，小桥流水碧湾环。
海棠婀娜低红袖，杨柳轻盈荡绿烟。

这首词抒写上巳节与夫子（先生）同游丰台，举目是小桥流水、海棠婀娜、杨柳轻扬、芳草碧绿……春意正浓。如此美景，又如此心情，情景交融，感物抒情，自然天成。

上巳日别香麓诸子

清·方仁渊

诸子自修禊，怜予独远行。只因身世贱，转觉别离轻。
碧树故乡色，白云游子情。那堪烟雨里，啼尽子规声。

离别或送别题材是古今中外文学艺术表达的永恒题材，尤其是在美景如画的春天里，离别往往更添几分愁绪。“黯然销魂者，唯别而已矣。”这首诗也抒写了诗人告别诸子、独自远行的离愁别绪，加之上巳日（农历三月三）大多已是暮春时节，布谷声声，子规啼血，更让人难舍离别，愁绪萦怀。

第三节 今天，我们怎样过上巳节？

中国的传统节日大多具有起源的多元性、发展的连续性、习俗的兼容性与参与的广泛性等特点。联系到中国古代社会，生产力水平的不高、科学技术的不发达、人们认识自然的局限性尤其是人口繁殖与人口数量在国家政治生活中的特殊重要性，所以，几乎所有的节日都与生育求嗣、祈福健康等相关。在传统节日文化中形成的文化传统往往具有超越地域、阶层、时代甚至民族、国家的意义，影响深远。

上巳节作为一个古老的节日。传说，制定它的是神话人物女娲，她是生育之母。分阴阳，定姻缘，制定了自由恋爱的上巳节。“上巳”就是三月的第一个巳日，与现在的母亲节定在每年五月的第二个星期天一样，有感恩女性和母亲之意。这一天，人们纷纷来到江渚池沼的水边，以春水洗涤污垢，认为这样做可以除去整个冬天所积存的病害与晦气，在新的一年里清洁免疫，吉祥如意。上巳不仅是祛邪求吉的节日，更是快活的春游，青年男女到野外踏青，泼水相戏，情定终身。这一天，除了已婚和家有丧事的，未婚男女都要参加由官府组织的“鹊桥会”。魏晋以后，人们感到三月上旬巳日的日期每年都会不同，就固定为三月三日。杜甫《丽人行》所写“三月三日天气新，长安水边多丽人”，描画的就是唐代上巳节贵族女子春游的情景。后来，“上巳”逐渐演变成了我们的祖先亲近自然、贴近自然的节日。

上巳节与水渊源深厚，人们泼水求吉。水边芳草萋萋，古人认为，香草有驱邪之功，于身体大有裨益。互赠香草，不仅是定情之约，也有愿恋人身体康泰的祝福在里面。芍药是我国最古老的花卉之一。从《诗经》时代开始，芍药就因情人之间的赠予而被看作多情的“解语花”。比如《诗经·溱洧》绘就了一幅淳美的古代风俗画。自此，芍药的色香韵之美，使历代文人墨客为之倾倒，留下了许多脍炙人口的佳作。唐代韩愈有《芍药（元和中知制诰寓直禁中作）》诗云："浩态狂香昔未逢，红灯烁烁绿盘笼。觉来独对情惊恐，身在仙宫第几重。"古人写芍药多与女孩或爱情有关，令人既欣赏又怜爱。比如《红楼梦》中说史湘云在宝琴、宝玉、岫烟、平儿四人的寿宴上，被罚喝多了酒，不能自已，书中写道："湘云卧于山石僻处一个石凳子上，业经香梦沉酣，四面芍药花飞了一身，满头脸衣襟上皆是红香散乱，手中的扇子在地下，也半被落花埋了。"这样的娇憨之态，唯有湘云做出来，才是大俗大雅的事。"史湘云醉卧芍药茵"也成了一个著名的文学典故。

中国的传统节日据有文字记载，大多源于先秦，经历秦汉，形成于魏晋，繁盛于唐宋明清，进入近代尤其是现当代，呈现断裂。这是历史的必然。因为传统节日的存在基础是农耕文明，但社会进入工业文明或信息文明时代，巨变或断裂乃是必然。上巳节在时间的历史长河中自然也在不断流变。但我们从中仍然可以获得多种裨益。一是借助节日及节日诗词或其他文献资料了解古代社会不同历史阶段先民的习俗，知晓古代先民在上巳节走出家门、亲近自然、清洁卫生、祈福健康、约会情人、选择伴侣、游山玩水、诗词歌赋、歌舞娱乐等等，其中核心的是在春和景明的大自然中亲水与求嗣。所以，有人说，上巳节乃是中国特色的情人节、生育节。在古人的观念里，他们相信天人感应，感应而育，而且大多与水有关。科学已经证明，水是生命之源。二是学习继承中华民族热爱生活、热爱自然、亲近自然的生存与生活哲学。三是对于今天建设生态文明、环境保护具有参考借鉴价值，尤其是保护水资源——无论是地表的还是地下的。而且，无论是人类生存还是其他物种生存，没有适合生存的丰富水资源，世界将重归无生命状态，水乃生命之源。因此，世界上一切文明的诞生或消长均与河流尤其是大江大河密不可分。四是对旅游开发与文旅融合具有启示性意义。各地可以因地制宜，根据自身区域地质地貌、山水湖泊的地理特点，开发情景式文旅项目，让游客或参与者进行沉浸式体验，感知传统节日的独特魅力。

第四章　清明节

第一节　起源与演变

清明，一个清新美丽的名字，一场游览春天的时间仪式，一段承平盛世的历史记忆。人们在清明，慎终追远，在和煦的春风里，拥抱自然，释放情绪，放松心情。

作为节气的“清明”和作为节日的“清明”是不同的。前者是自然时间，后者是人文规定。前者是通用的一种时间系统，后者是一种约定俗成的行为纲领。所谓节日，它成立的一个先决条件就是一定得有一个约定俗成的一致性行为指导：大家约定在某时某地做某事，这样才能把大家的行动统一起来，使之具有特定的社会文化意义。

“清明”由节气概念到节日概念，在唐代发生了本质性的变化。在这之前，是一个时间节点，之后逐渐演化成为一个具有特别的文化内涵的节日节点。其中主要的节日内容就是扫墓和踏青。

因此，清明节是我国唯一的一个集自然物候与人文约定为一体的传统节日，同时也是一个悲喜交织的特别节日。

那么，这种转变从何而来呢？

我们知道，作为二十四节气的“清明”是中国古代订立的一种用来指导农事的补充历法，是中华民族劳动人民长期经验的积累成果和智慧的结晶。由于中国古代是一个农业社会，农业需要严格了解太阳运行情况，农事完全根据太阳运行来进行，所以在历法中又加入单独反映太阳运行周期的二十四节气，用作确定闰月的标准。二十四节气的命名反映了季节、物候现象、气候变化三种情况。反映季节的是立春、春分、立夏、夏至、立秋、秋分、立冬、冬至；反映物候现象的是惊蛰、清明、小满、芒种；反映气候变化的有雨水、谷雨、小暑、大暑、处暑、白露、寒露、霜降、小雪、大雪、小寒、大寒。在仲春与暮春之交，春意盎然，天清气朗，四野明净，大自然处处显示出勃勃生机。用“清明”称这个时期，是再恰当不过的一个词。

作为节气的“清明”大约始于周代，距今已有近三千年的历史。《淮南子·天文训》中说：“春分后十五日，斗指乙，则清明风至。”按《岁时百问》的说法：“万物生长此时，皆清洁而明净。故谓之清明。”清明一到，气温升高，雨量增多，正是春耕春种的大好时节。故有“清明前后，点瓜种豆”“植树造林，莫过清明”以及“清明前后一场雨，好比秀才中了举”的农谚。可见作为时间提示节点的“清明”与农业生产有着密切的关系。

清明作为节日，与纯粹的节气又有所不同。节气是我国物候变化、时令顺序的标志，而节日则包含着一定的风俗活动和某种纪念意义。清明节是我国传统节日，也是最重要的祭祀节日，是祭祖和扫墓的日子，也是踏青郊游、亲近自然的日子。扫墓俗称上坟，是对祖先的“思时之敬”。其习俗由来已久。据传这是始于古代帝王将相的“墓祭”之礼，后来民间亦相仿效，于此日祭祖扫墓，历代沿袭而成为中华民族一种固定的风俗。扫墓在秦汉以前就有了，但不一定是在清明之际，清明扫墓则是秦汉以后的事。到唐朝才开始盛行。《清通礼》云：“岁，寒食及霜降节，拜扫圹茔，届期素服诣墓，具酒馔及芟剪草木之器，周胝封树，剪除荆草，故称扫墓。”按照旧的习俗，扫墓时，人们要携带酒食果品、纸钱等物品到墓地，将食物供祭在亲人墓前，再将纸钱焚化，为坟墓培上新土，折几枝嫩绿的新枝插在坟上，然后叩头行礼祭拜。

我国古代，在清明节前还有一个与清明相连的重要节日——寒食节，甚至与上巳节也有关联，可见清明节融合了寒食的缅怀祭祀和上巳的郊游喜乐。所以，很多诗词都是将寒食与清明合二而写。早在唐代，清明节与寒食节一道，首次被列入国家法定节假日。中华民族是一个礼敬祖先、慎终追远、重视传统的民族。

关于寒食节有一个传说。相传春秋战国时代，晋献公的妃子骊姬为了让自己的儿子奚齐继位，就设毒计谋害太子申生，申生被逼自杀。申生的弟弟重耳，为了躲避祸害，流亡出走。在流亡期间，重耳受尽了屈辱。原来跟着他一道出奔的臣子大多陆陆续续地各奔出路去了，只剩下少数几个忠心耿耿的人一直追随着他，其中一人叫介子推（亦作介之推）。有一次，重耳饿晕了过去。介子推为了救重耳，从自己腿上割下了一块肉，用火烤熟了就送给重耳吃。多年后，重耳回国做了君主，就是著名春秋五霸之一的晋文公。晋文公执政后，对那些和他同甘共苦的臣子大加封赏，唯独忘了介子推。有人在晋文公面前为介子推叫屈。晋文公猛然忆起旧事，心中有愧，马上差人去请介子推上朝受赏封官。可是，差人去了几趟，介子推不来。晋文公只好亲自去请介子推。当晋文公来到介子推家时，只见大门紧闭。介子推不愿见他，已经背着老母躲进了绵山。晋文公便让他的御林军上绵山搜索，没有找到，于是，有人出了个主意说，不如放火烧山，三面点火，留下一方，大火起时介子推会自己走出来的。晋文公乃下令举火烧山，孰料大火烧了三天三夜，大火熄灭后，终究不见介子推出来。上山一看，介子推母子俩抱着一棵烧焦的大柳树已经死了。晋文公望着介子推的尸体哭拜一阵，然后安葬遗体，发现介子推的脊梁堵着个柳树树洞，洞里好像有什么东西。掏出一看，原来是片衣襟，上面题了一首血诗："割肉奉君尽丹心，但愿主公常清明。柳下作鬼终不见，强似伴君作谏臣。倘若主公心有我，忆我之时常自省。臣在九泉心无愧，勤政清明复清明。"晋文公将血书藏入袖中，然后把介子推和他的母亲安葬在那棵烧焦的大柳树下。为了纪念介子推，晋文公下令把绵山改为"介山"，在山上建立祠堂，并把放火烧山的这一天定为寒食节，晓谕全国，每年这天禁忌烟火，只吃寒食。走时，他伐了一段烧焦的柳木，到宫中做了双木屐，每天望着它叹道："悲哉，足下。""足下"是古人下级对上级或同辈之间相互尊敬的称呼，据说就是来源于此。第二年，晋文公领着群臣，素服徒步登山祭奠，表示哀悼。行至坟前，只见那棵老柳树死树复活，绿枝千条，随风飘舞。晋文公望着复活的老柳树，像看见了介子推一样。他走到跟前，掐下了一枝，编了一个圈儿戴在头上。祭扫后，晋文公把复活的老柳树赐名为"清明节柳"，又把这天定为清明节。以后，晋文公常把血书带在身边，作为鞭策自己执政的座右铭。他勤政清明，励精图治，把国家治理得很好。此后，晋国的百姓得以安居乐业，对有功不居、不图富贵的介子推非常怀念。每逢他的忌日，大家自觉禁止烟火来表示纪念。还用面粉和着枣泥，捏成燕子的模样，用杨柳条串起来，插在门上，召唤他的灵魂来享用，这东西叫"之推燕"。此后，寒食、清明成了晋国百姓的隆重节日。每逢介子推的忌日，人们即不生火做饭，只吃冷食，以此纪念一代忠臣。

除了讲究禁火、扫墓，还有踏青郊游、荡秋千、蹴鞠、打马球、插柳等一系列风俗体育活动。相传这是因为寒食节禁火，为了防止寒食冷餐伤身，所以大家来参加一些体育活动，锻炼以强身健体。所以，清明节也是一个集祭祖哀悼与郊游娱乐为一体的悲喜交织的传统节日。它具有怀念、告慰先祖和自我勉励、自我强健、敢于面对的双重功能。

民俗学者认为，寒食节、上巳节与清明节的融合，是具有文化意义的节日让位于时间物候节气。这一变化大抵在唐代完成。《唐会要·休假》卷八十二记载："大历十三年二月二十五日敕：自今以后，寒食通清明，休假五日。"何故？因为时间节点具有不可改变性，而文化节日是可以随着时代的变化而改变的，于是，当几个具有不同内涵的"清明"相遇时，作为具有文化意义的"清明"最终让位于作为农事时间节点提示的"清明"，就成了再自然不过的事情了。

大家知道，民俗的起源和内涵永远是没有唯一的答案的。一种风俗的形成往往有一个漫长的过程。在这个过程中，人们尤其是文人的记录或述说具有特别的意义。也许，它不具备历史的真实性和可靠性，但它具有人为的约定性和特别性，于是，人们尤其是普通民众更倾向相信它，代代相传，传说也可能成为历史，故事也可能变成真实，传奇也可能成为现实。这也是文化或文化传统的魅力所在。但是，作为文化学者，我们应该清楚它们之间的异同，不可混为一谈。

关于清明节有哪些传统节俗内容，不同的学者根据不同的地域有不同的介绍。一般认为，经历史发展，清明节融汇了寒食节与上巳节的习俗，杂糅了多地多种民俗于一体，具有极为丰富的文化内涵。清明节的主要活动内容有：祭祖扫墓、郊游踏青、插柳斗草、游艺竞技等。

1. 祭祖扫墓

扫墓在古代是一种礼制。《左传》有记："国之大事，在祀与戎。"由此可见，国家祭祀自古以来就是一件重大的政治事件，是一种权力象征、秩序象征的重大仪式。而且，有严格的祭祀规定。《礼记》有云："天子七庙，诸侯五庙，大夫三庙，士一庙，庶人祭于寝。"所以，士以上的阶层才有宗庙，可以在宗庙里祭祖，一般老百姓并没有宗庙，只能在家里祭祖。大概到了汉代才有墓祭之俗。所以，东汉王充在《论衡·四讳》中有言：“古礼庙祭，今俗墓祀。”到了唐代，人们往往选择寒食节前后郊游并扫墓。作为普通百姓来说，在郊游的过程中顺带墓祭，这是省事省时的好事。但却显得有点不符礼法：郊游宜乐，墓祭宜悲，悲乐交加，于礼不通，于情可解。唐王朝曾颁布法令禁止：“寒食上墓，复为欢乐，对坐松槚，曾无戚容。既玷风猷，并宜禁断。”结果适得其反，老百姓依然如故，唐王朝顺应民心，改而从礼制上承认寒食节扫墓的合法性与合理性，将它纳入五礼之中，成为国家的法定祭扫日。《通典》记载：“寒食上坟，礼经无文。近代相传，浸以成俗。士庶有不合庙享，何以用展孝思？宜许上墓同拜扫礼，于茔……仍编入五礼，永为恒式。”唐玄宗还颁布命令将寒食与清明合并放假。《唐会要·休假》卷八十二记载：“大历十三年二月二十五日敕：自今以后，寒食通清明，休假五日。”所以，在唐代，清明节与寒食节已经合流。

清明节，是中华民族最隆重盛大的祭祖大节，属于礼敬祖先、慎终追远的一种文化传统节日。清明节凝聚着中华民族精神，传承了中华文明的祭祀文化，抒发人们尊祖敬宗、继志述事的道德情怀。清明节的祭祀扫墓历史悠久，源自上古时代的春祭活动，春秋二祭，古已有之。

2. 郊游踏青

清明节气是历法中表示季节变迁的二十四个特定节令之一，这一时节，吐故纳新、生气旺盛、气温升高，万物皆洁净，大地呈现春和景明之象，正是郊外踏青（春游）与行清（墓祭）的好时段。清明节俗丰富，归纳起来是两大节令传统：一是礼敬祖先、慎终追远；二是踏青郊游、亲近自然。清明节兼具自然与人文两大内涵，既是节气又是节日，清明节不仅有祭扫、缅怀、追思的主题，也有踏青郊游、愉悦身心的主题，“天人合一”传统哲学理念在清明节中得到了生动而具体的体现。唐人白居易有云：“逢春不游乐，但恐是痴人。”宋人周密《武林旧事》记载：“清明前后十日，城中士女艳妆饰，金翠琛璃，接踵联肩，翩翩赏游，画船箫鼓，终日不绝。”宋人吴惟信《苏堤清明即事》写道：“梨花风起正清明，游子寻春半出城。”可见当时清明郊游踏春的盛况。

3. 游艺竞技

春天到了，大地回暖，阴天日渐消退，阳气日渐升腾。万物欣荣，到处洋溢着蓬勃生机，人们的身心也豁然苏醒，充满活力和生气。沐浴、踏青、蹴鞠、拔河、斗鸡、荡秋千、放风筝、射柳等活动的开展，整个世界仿佛忽如一夜春风来，千树万树梨花开。由于我国地缘辽阔，东西南北中各地的风俗各有差别。一般而言，女子喜欢荡秋千，儿童喜欢放风筝，男子喜欢蹴鞠、射柳等。因此，清明又是一个神清气爽、万物生长的时节。我们渴望盛世的清明，是阳光的清明，春天的清明，人生的清明。所以，清明具有极大的包容性，寒食禁火，清明生火，寒食悼亡，上巳求子，清明冠笄，一息一生，否极泰来，阴阳相生，这正好是中国传统文化的阴阳和合之理。随着寒食节的退隐，清明便独自承接了寒食与上巳的节日习俗与功能。

清明，一个纯粹春天的节日，正是阳气升腾的日子，人们尽情地享受着大好春光，人与自然和谐，这才是天人合一的最高境界。今天，国富民安，中国日渐强盛，民众享受着和平安宁的生活。当我们祭祀祖先、慎终追远的时候，更应热爱生命、守护新生。欣逢盛世，我们有理由也有条件张开双臂拥抱并享受这春天的盛大节日——清明，将这一传统节日融入现代社会生活之中，玩出一种具有文化品位的精致的节日情调来。

4. 制作清明草粑

采集清明草，制作清明草粑是我们四川从古至今的清明前后的饮食习俗。清明草学名为鼠曲草，其茎叶入药，为镇咳、祛痰、治气喘和支气管炎以及非传染性溃疡、创伤之寻常用药，内服还有降血压的疗效。古时每逢农历三月三日上巳节，人们采集鼠曲草，和上米粉做成祭品，用来祭祀祖先。因为清明节与寒食节在时间上相续，寒食节禁烟，人们便在节前准备好饮食。在北方，人们主要吃事先做好的枣饼、麦糕、大饼等；在南方，人们则多吃用清明草和上糯米再加一些腊肉、糖类做成的清明草粑。

由于寒食节与清明节在时间上的接续性，在内容上的相似性以及传说中的附会性，而且在历史的演变过程中，清明节逐渐独自承接了寒食节甚至上巳节的功能和文化内涵。因此，我们把抒写寒食节的诗词也归入清明节。读者诸君，可以从中窥见它们之间的关联与意味。

2006 年 5 月，清明节被国务院列入首批国家级非物质文化遗产名录。

第二节　诗词里的清明节

历代文人墨客为我们留下了极为丰厚的寒食、清明诗词，在此摭拾一二，以窥其堂奥。

寒食

唐・沈佺期

普天皆灭焰，匝地尽藏烟。不知何处火，来就客心然。

天下家家都熄灭了柴火，整个大地都不见了炊烟。不知道哪里的灯火能够温暖我这凄凉的游子之心。节日本来意味着团聚与欢欣，但对于漂泊的游子来说，却倍感别离亲人的孤独。诗人利用这种巧妙的结尾表现个人孤独凄凉的情绪。

清明即事

唐・孟浩然

帝里重清明，人心自愁思。车声上路合，柳色东城翠。
花落草齐生，莺飞蝶双戏。空堂坐相忆，酌茗聊代醉。

清明节，唐人有游春访胜、踏青戴柳和祭祀祖先的习俗。融融春光下，诗人抒写了无尽的感慨，个中滋味令人咀嚼不尽，种种矛盾的情绪扭结在一起，自然而传神地表达出诗人微妙、复杂的内心世界。

阊门即事

唐・张继

耕夫召募逐楼船，春草青青万顷田。
试上吴门窥郡郭，清明几处有新烟。

清明之前是寒食，规定民间禁火，清明之后本应“处处有新烟”，现在却因战乱农民都被征召去打仗了，所以大片土地都荒芜了，只有寥寥几处的人家燃起新烟，整个世界一片凄凉。

寒食

唐·韩翃

春城无处不飞花，寒食东风御柳斜。
日暮汉宫传蜡烛，轻烟散入五侯家。

暮春的长安城处处柳絮飞舞，落红无数，寒食节前后，春风吹拂着皇城中的柳树。傍晚时分，汉宫点燃蜡烛，赏赐天子近臣，袅袅的轻烟飘散到天子宠臣的家中。诗歌所选题材典型，用典贴切。诗很含蓄，但典故的暗示性和中唐社会情况的相互印证，有言外之旨、语外之意。

襄阳寒食寄宇文籍

唐·窦巩

烟水初销见万家，东风吹柳万条斜。
大堤欲上谁相伴，马踏春泥半是花。

水面上薄烟散去后，远远望见岸边的一座座房舍，在这美丽的时节却没有人与我相伴同行，只有我在河堤上独自纵马游览，马踏春泥，半裹花瓣，春风吹拂，杨柳依依。

清明日园林寄友人

唐·贾岛

今日清明节，园林胜事偏。晴风吹柳絮，新火起厨烟。
杜草开三径，文章忆二贤。几时能命驾，对酒落花前。

此诗是诗人在与朋友聚会园林中即兴所至、即兴而作。描述了清明时节与朋友聚会的情景。在欢乐的小聚会中，透露出了诗人朋友不堪的处境，表达了诗人一种感伤无奈的心情。什么时候能够再一起相聚，在落花前饮酒吟诗呢？

清明

唐·杜牧

清明时节雨纷纷，路上行人欲断魂。
借问酒家何处有？牧童遥指杏花村。

清明这个节日在古代是一个色彩和情调都很浓郁的大节日，或举家出游，或上坟扫墓是其主要的礼节风俗。倘若孤身行路，触景伤怀，那就更容易惹动心事。偏偏又赶上细雨纷纷，春衫尽湿，这就给人再增添了一层愁绪，故有“清明时节雨纷纷，路上行人欲断魂”。借酒暖身或以酒消愁，这便是人们排遣苦闷的方式，故有“借问酒家何处有？牧童遥指杏花村”。

清明日

唐·李建勋

他皆携酒寻芳去，我独关门好静眠。
唯有杨花似相觅，因风时复到床前。

诗人说，其他人都拿着酒食到郊外游赏春日美景去了，我独自关上房门安静睡觉。只有杨花好像和我特别有缘分，借着清风不时来到我的床前。诗歌自然清新，婉转流畅，写出了诗人在节日里自在淡然的心态与心境。

清明

宋·王禹偁

无花无酒过清明，兴味萧然似野僧。
昨日邻家乞新火，晓窗分与读书灯。

无花无酒地度过了清明节，那萧索的兴致犹如居于山野庙宇的和尚一样。昨天从邻家讨来新燃的火种，破晓时就在窗前点灯潜心读书。这首诗以清明时节为背景，用白描手法再现了读书人的清贫孤独生活，表达了诗人以读书为乐的情怀与雅兴。

木兰花·乙卯吴兴寒食

宋·张先

龙头舴艋吴儿竞，笋柱秋千游女并。芳洲拾翠暮忘归，秀野踏青来不定。
行云去后遥山暝，已放笙歌池院静。中庭月色正清明，无数杨花过无影。

吴地的青年在江上竞赛着龙船，游春的少女三三两两荡着秋千。有人在水边采集花草，天色已晚依然流连忘归。美丽的郊野，踏青的人往来不断。游人们走了，远山逐渐暗了下来。歌声停了，庭院寂静一片。满院子里月光清朗朗的，只有无数的柳絮悄然飘过。

望江南·超然台作

宋·苏轼

春未老，风细柳斜斜。试上超然台上看，半壕春水一城花，烟雨暗千家。
寒食后，酒醒却咨嗟。休对故人思故国，且将新火试新茶，诗酒趁年华。

这首词描写寒食清明时节的江南。此词上片写景，下片抒情，通过描绘春日景象和作者感情的复杂变化，寄寓了作者的无奈与怅惘，同时表达了作者豁达超脱的襟怀和任性自然的人生态度。

浣溪沙·淡荡春光寒食天

宋·李清照

淡荡春光寒食天，玉炉沉水袅残烟。梦回山枕隐花钿。
海燕未来人斗草，江梅已过柳生绵。黄昏疏雨湿秋千。

寒食清明时节，万物复苏，春光明媚。炉中的沉香即将燃尽，缕缕残烟清香醉人。海燕还未飞回，邻家儿女们就玩起了斗草游戏。江梅已经过季了，绵绵的柳絮随风荡漾。黄昏时分，细雨打湿了院中的秋千。全词都是景语，又都是情语，没有雕饰斧凿的痕迹，隽秀自然，清新淡雅，充分表现了作者高雅的情趣兴致和高超的写作技巧。

清明

宋·陈与义

街头女儿双髻鸦，随蜂趁蝶学夭邪。
东风也作清明节，开遍来禽一树花。

街头都是踏青的姑娘们，头上梳着乌黑的双髻，打扮得很漂亮。在这春光明媚的日子里，她们随着在花丛中飞舞的蜂蝶，做出种种天真娇娆的姿态。春风，这春天的使者，也来助兴清明节，特别柔和。你看，它吹开了一树美丽的花！整首诗词句清丽，音节流畅，表情达意，浅白酣畅。由此可见，清明节并非一个仅仅哀伤的节日，而是一个融悼怀与欢快于一体的特别节日。

苏堤清明即事

宋·吴惟信

梨花风起正清明，游子寻春半出城。
日暮笙歌收拾去，万株杨柳属流莺。

风吹梨花的时候正是清明时节，为了寻找春意，人们大多出城踏青。日暮时分，笙歌已歇，游人归去，被惊扰了一天的鸟儿才回到杨柳丛中。这首诗描写了清明时西湖美丽的苏堤和游人游春热闹的场面以及游人散后幽美的景色。清明是美的，西湖的清明更美。再一次表明清明节除了祭祖扫墓外，也是一个踏青寻春的美好节日。

清明呈馆中诸公

明·高启

新烟着柳禁垣斜，杏酪分香俗共夸。
白下有山皆绕郭，清明无客不思家。
卞侯墓下迷芳草，卢女门前映落花。
喜得故人同待诏，拟沽春酒醉京华。

清明节，旧时风俗为人们扫墓祭祖的日子，容易触发客居在外游子的念祖思乡之情。这首诗所抒写的心情也大抵如此，只是它表现得特别含蓄委婉、曲折隐微而已。

清江引·清明日出游

明·王磐

问西楼禁烟何处好？绿野晴天道。马穿杨柳嘶，人倚秋千笑，探莺花、总教春醉倒。

清明节的习俗是丰富有趣的，除了扫墓祭祖，还有踏青、荡秋千、蹴鞠、打马球、插柳等一系列风俗体育活动。相传这是因为清明节前的寒食禁火，为了防止寒食冷餐伤身，所以大家来参加一些体育活动，强身健体。这个节日中既有祭扫新坟生离死别的悲酸泪水，又有踏青游玩的欢声笑语，是一个富有特色文化的传统节日。

七言诗

清·郑燮

不风不雨正晴和，翠竹亭亭好节柯。
最爱晚凉佳客至，一壶新茗泡松萝。
几枝新叶萧萧竹，数笔横皴淡淡山。
正好清明连谷雨，一杯香茗坐其间。

无风无雨，正是晴朗温和的天气；翠竹直立，竹节摇曳，煞是好看。最高兴的是晚凉天气里，有贵客来访，泡一壶松萝新茶来招待。铺纸泼墨，先画几枝新竹叶，再是数点淡墨，以笔横皴淡淡春山。正是清明刚过临近谷雨的时节，捧一杯香茶坐在竹石画间，尽享人间美好。此诗可见诗人心志与雅趣。

临江仙·清明前一日种海棠

清·顾太清

万点猩红将吐萼，嫣然迴出凡尘。移来古寺种朱门。明朝寒食了，又是一年春。

细干柔条才数尺，千寻起自微因。绿云蔽日树轮囷。成阴结子后，记取种花人。

该词开句写出了海棠花苞初放的喜人姿色与非同凡尘的天生丽质。如此两句描写把这株刚从古寺移来园中种植的海棠表现得淋漓尽致；也表达了诗人在大好春光里种植海棠的欣喜之情。最后告诫后来人："成阴结子后，记取种花人。"

第三节　今天，我们怎样过清明节？

清明作为一个节日在中国传统节日里是比较特别的，它是我国唯一的一个集自然物候与人文约定为一体的传统节日，也是一个悲喜交织的特别节日。作为二十四节气之一的清明，是古老的农事节气，同时也是取代古老寒食习俗的重要民俗节日。它是中国人自然时间观念与人文时间观念的融合，在古代中国节日体系中具有重要地位。清明是中国人特有的情感寄托，也是民族文明的一种传承方式。我们需要传承清明所蕴藏的伦理观念和自然意识，同时也要看到当今时代环境的变化，对清明节俗作出适应性的调整与更新。

清明是节气与节日的合体，节气是"天时"，它是纯粹的自然时间，节日是"人事"，它是社会文化的时间选择。它兼具人文和自然两大内涵，既是自然节气点，也是传统社会重大春祭节日。清明真正体现中国天人合一的观念。清明节俗丰富，但归纳起来是两大核心节令礼俗传统：一是礼敬祖先慎终追远；二是亲近自然珍惜生命。这两大传统节俗主题在中国传承千年，至今不辍。

"燕子来时新社，梨花落后清明"。墓地祭扫是清明民俗的核心主题之一，对于清明祭扫传统的继承，是保持与传承中华礼俗的重要实践，是弘扬家风家训，培育道德与良知的重要途径。孝道伦理传统就是这样一代一代相传。郊游踏青是清明的又一节俗。"梨花风起正清明，游子寻春半出城"。

在庄重肃穆地祭祖扫墓之后，一家人便踏青郊游，走进自然，拥抱春天，嬉戏游乐。插柳和戴柳是清明踏青和护佑生命的风习时尚，春柳留春，意味着在春季将逝的时节，人们用青青的柳枝来象征对青春的挽留，对生命的珍爱。中国人重视时令养生护生，清明的饮食与春季养生护生有关，后辈身心健康是对祖先最好的缅怀。

当然，这里有一个无法绕开的话题，即扫墓祭祀习俗的时代变化。我们曾经严禁在扫墓时燃放烟花爆竹，严禁燃烧纸钱。然而，这种禁令的效果不彰。老百姓依旧我行我素，管理者也难为其情，有的地方为此引起森林火灾，引发官民冲突，甚至危及安全稳定与社会和谐。如何处理好民众的需求与社会的要求之间的关系是历代社会官民博弈的难题。

我们认为，既然民众有需要，政府就应当允许，在保证安全和生态环保的情况下，加强管理，约法三章，科学引导，让老百姓扫墓时敬香烧纸、燃放烟花爆竹，满足百姓心理与精神的需要。上坟祭扫敬香烧纸、燃放烟花爆竹，禁与否，都应该以维护中国人的民俗文化和满足民众心理需求为主，政府在管理与民意之间应当求得一个最大公约数，包括我们的立法更应代表并体现民意，而不是一禁了之或放任自流。

自然，“俗随时变”，即风俗是随着时代的变化而变化的。一些适合时代发展的风俗会延续下去，一些不太符合的风俗可能就要渐渐地改变甚至消失，而新的习俗也会应运而生。所以，如何实现传统节日民俗的现代性转变是一个很自然也必然且漫长的过程，人们会有选择。选择那些有益的东西，逐渐地补充到节日习俗里面去，这是所有节日习俗发展变化的不变规律。

互联网时代，清明节俗传统已经发生了巨大变化。今天的清明祭祀既有家祭，也有公祭。既有传统上坟祭祀方式，也有网上遥祭。同时，这种变化随着历史的推移、社会的发展逐渐由家祭扩大到对历史的先贤祭祀与革命先烈的纪念。祭祀方式与形式也都发生了变化，比如网上祭祀、文明祭祀、鲜花祭祀等。每一次祖先祭祀，实际上都是一次生命伦理的教育、感念先人功德的教育。我们尤其要提倡感恩的情怀。感恩是社会的伦理基础，对亡故先人怀有一颗尊重之心和深深的缅怀之情，这是我们民族文化心理的重要组成部分。这种朴素的感情有利于整个社会层面的感恩文化的培养。在追思中学习感恩，推己及人，对别人、对社会心存感激，人与人之间就会充满关爱与同情。

清明是传承民族信仰、家庭人伦的重要载体，是人们亲近自然、珍重生命的重要时间。清明关系到民族的文化生命，是我们今天需要特别重视的节日。当然，清明传统习俗除了祭祀感恩怀念先人逝者之外，还有强身健体的踏青郊游与丰富的美食文化。清明踏青郊野、荡秋千、放风筝、戴柳花、画彩蛋、食青团、清明诗会、清明茶会，我们在清明时节对话历史、亲近自然、融洽亲情。清明成为我们健康身心、激发生命活力的时节。

如果说人民大众在用自己的身体实践在坚守着感恩孝亲、慎终追远、热爱生命、亲近自然、尊时守位的价值观念，那么国家则用政策行动表明自己的坚守态度。《中央宣传部、中央精神文明办公室、教育部、民政部、文化部关于运用传统节日弘扬民族文化的优秀传统的意见》明确提出："清明节期间，要突出纪念先人、缅怀先烈的主题，引导人们正确认识和理解中华民族优良传统和革命传统，慎终追远，珍惜幸福生活。"所以，包括清明节在内的传统节日是我们进行传统文化教育、红色文化教育以及当代先进文化教育的重要时节和途径。在清明节举办面向人文始祖、革命先烈、历史名人、地方先贤的公祭活动，将家庭家族祭祖蕴含的慎终追远、感恩情怀延伸至社会公共领域。《中共中央办公厅、国务院办公厅关于实施中华优秀传统文化传承发展工程的意见》要求全社会：

深入开展"我们的节日"主题活动，实施中国传统节日振兴工程，丰富春节、元宵、清明、端午、七夕、中秋、重阳等传统节日文化内涵，形成新的节日习俗。加强对传统历法、节气、生肖和饮食、医药等的研究阐释、活态利用，使其有益的文化价值深度嵌入百姓生活。实施中华节庆礼仪服装服饰计划，设计制作展现中华民族独特文化魅力的系列服装服饰。大力发展文化旅游，充分利用历史文化资源优势，规划设计推出一批专题研学旅游线路，引导游客在文化旅游中感知中华文化。推动休闲生活与传统文化融合发展，培育符合现代人需求的传统休闲文化。发展传统体育，抢救濒危传统体育项目，把传统体育项目纳入全民健身工程。

为此，对于像清明节这样历史悠久、文化深厚的民族民俗大节，政府应该也可以有所作为，人性文明、科学有序、因地制宜地引导民众过节。至少，我们在感恩教育、生命教育、体育教育、祭祀文化、饮食文化、旅游文化、红色文化、家国情怀、民族大义等方面可以做出新的尝试与努力。

第五章　端午节

第一节　起源与演变

农历五月，时值仲夏，阳光普照，万物茂盛，蓬勃生长。然而，随着气温的升高、万物的生长、细菌的繁殖，瘟疫等各种疾病也在悄然发展。此刻，尤其需要重视生活的环境卫生，强身健体、辟邪除瘟，防患于未然，于是，自然物候的推移与人文思想的融合，为了让生命之花开得更加健康灿烂绚丽而持久，丰富多彩、五彩缤纷的各种民俗活动便开展起来。我们认为，这就是端午节的内涵与使命。

据学者考证，在中国56个民族中，有27个民族拥有属于自己的端午节，这些民族包括汉族、蒙古族、回族、藏族、苗族、彝族、壮族、布依族、朝鲜族、侗族、瑶族、白族、土家族、哈尼族、畲族、拉祜族、水族、纳西族、达斡尔族、仫佬族、羌族、仡佬族、锡伯族、普米族、鄂温克族、裕固族、鄂伦春族等，由此可见端午节过节民族的广泛性与各地习俗的多元性。

同时，端午节在中国是一个历史悠久、内涵丰富、不断变化的古老节日。据民俗专家考证，它的起源可以追溯到先秦时期甚至战国晚期。在两千多年的流传过程中，不同地域的中华儿女创造了五彩缤纷的端午节日民俗活动，不断地丰富着节日的内涵，传达出深刻的思想内涵和复杂的情感世界。

关于端午节的起源，学界有多种说法。学术史上曾经出现过辟邪保健说、纪念屈原说、纪念曹娥说、纪念伍子胥说、越王勾践操练水师说、吴越先民祭祀龙图腾说等。在中国的民间，影响最大的乃是古代楚地百姓为纪念忠君爱国而投江的诗人屈原而产生的一种纪念性活动。其实，将端午节与屈原联系起来或与其他历史人物联系起来，这是端午节发展演变的结果，而不是起源。任何一个完整的民俗节日都需要具备三个基本因素：一是固定的时间，二是特殊的习俗，三是特定的名称。

通过对端午节起源学说的全面考察和对历史史料以及各地民俗的考证，学界普遍认为，只有辟邪保健说较为符合端午节起源的事实。同时，端午节的各种活动与习俗也证明着其最原始的核心因素在于辟邪与保健。从流传至今的有关端午节的各种活动与习俗主要包括七个方面：一是门前挂菖蒲与艾叶的习俗，因为菖蒲与艾叶具有辟邪与药用的双重功能；二是用五色线包粽子或缠挂五色线以驱邪辟凶；三是饮雄黄酒或其他酒，以辟邪与活血健身；四是吃粽子以滋补健身；五是贴挂各种符咒以辟邪保安宁；六是划龙舟比赛或水上抢鸭子，既可送瘟神又可锻炼强身；七是亲友互赠礼物以示关爱，增强感情，和谐关系，有利于身心健康。当然，中国地域广大，各地民俗在大同的情况下还存在差异，但所有的习俗与活动都以辟邪健身为目的。因此，我们说，辟邪说最符合端午节起源和演变的事实，其核心元素就在于辟邪与保健，端午节的原始本质也在于此。

端午节在历史上曾有多种称呼。端午也称端五、端阳。此外还有许多别称，如午日节、重五节、五月节、浴兰节、女儿节、天中节、天医节、诗人节、蒲节、娃娃节等。虽然名称不同，但总体上说，各地过节的习俗还是大同小异的。

端午节在东汉之前一般在农历五月五日。战国时代，端午在五月的第一个午日，即端五。后来演变为专指五月初五。因为五月五日，故曰“重五”。“重午”即午月午日。端午节又称中天节，因为此节的精确时刻为午月午日午时，太阳正在中天，阳气到达极点。端午节又叫端阳节，意思是太阳处于极盛状态，与“中天”接近。何故叫“浴兰节”？据南宋吴自牧《梦粱录》记载：“五日重五节，又曰浴兰令节。”因为古代有端午节用兰草煎水沐浴的风俗。何谓蒲节？因端午节有于门窗悬挂菖蒲或用菖蒲泡酒饮用之俗，故又曰蒲节。为何又叫女儿节呢？从明清开始，因北方一些地区有在端午节把女儿打扮得漂漂亮亮，头插石榴花的习俗，还有已出嫁的女儿回娘家的习俗之故。端午节又叫娃娃节，是因为端午节的辟邪保健的重点是儿童，要在儿童身上涂抹雄黄、佩带五色线或香囊等缘故。

端午节作为一个流传千百年的传统大节，也是我国第一个申请世界非遗成功的传统节日，它绝不仅仅是吃粽子、划龙舟或祭祀屈原等那么简单。作为节日，它其实蕴含了中国人独特的自然观念与生命哲学。端午又名“端阳”“天中节”，意思是天地间和人世间“阳气的端点”。因为暑气侵袭，潮湿多雨，尤其在南方，不但农作物最易遭受病虫害，作为万物之灵长的人类也会开始感觉很不舒服。故而端午节对于讲求顺应天时、天人感应的古人而言，是在提醒人们既要处理好天（自然）与人的关系，也要处理好人与人之间的关系，即人与社会的关系，还要处理好个体自身的问题，因此具有非常现实的生活意义和实用意义。通过这个节日，提醒人们采取可能的一切措施，安全度夏。这种意义，体现了中华民族对于生活的热爱与对生命的尊重。

2006 年 5 月，端午节被国务院列入首批国家级非物质文化遗产名录。2009 年 9 月，端午节被联合国教科文组织列入人类非物质文化遗产代表作名录，这是中国首个入选世界“非遗”代表名录的节日。

第二节　诗词里的端午节

作为书写端午节的诗词歌赋，也呈现出诗意纷繁的诗歌意象和深刻的文化内涵。让我们尽情感受一番传统诗词里端午节色彩缤纷的诗意景象吧！

五丝

唐・褚朝阳

越人传楚俗，截竹竞萦丝。水底深休也，日中还贺之。
章施文胜质，列匹美于姬。锦绣侔新段，羔羊寝旧诗。
但夸端午节，谁荐屈原祠。把酒时伸奠，汨罗空远而。

民间传说，屈原投江而亡后，楚人十分怀念他，在屈原投江自尽那天——农历五月五日用五色丝线包裹粽子投于江中，让鱼不要去吃屈原的尸体。一说端午节系五色彩丝以求平安好运。诗歌高度赞美屈原高洁的人格和杰出的诗歌成就，以一个节日来缅怀纪念一个人，古今中外也不多见。

竞渡歌

唐・张建封

五月五日天晴明，杨花绕江啼晓莺。

使君未出郡斋外，江上早闻齐和声。
使君出时皆有准，马前已被红旗引。
两岸罗衣破晕香，银钗照日如霜刃。
鼓声三下红旗开，两龙跃出浮水来。
棹影斡波飞万剑，鼓声劈浪鸣千雷。
鼓声渐急标将近，两龙望标目如瞬。
坡上人呼霹雳惊，竿头彩挂虹蜺晕。
前船抢水已得标，后船失势空挥桡。
疮眉血首争不定，输岸一朋心似烧。
只将输赢分罚赏，两岸十舟五来往。
须臾戏罢各东西，竞脱文身请书上。
吾今细观竞渡儿，何殊当路权相持。
不思得岸各休去，会到摧车折楫时。

诗歌交代了端午节龙舟比赛的天气、环境以及观看龙舟竞渡的人们，渲染了赛前热闹的气氛，接着写出了端午龙舟竞渡的紧张热烈场面，洋溢着节日的喜庆与欢乐。最后书写了作者观看竞渡后的感慨，由竞渡者的互不相让联想到执政者的朋党之争。

端午

唐·文秀

节分端午自谁言，万古传闻为屈原。
堪笑楚江空渺渺，不能洗得直臣冤。

诗人发问：端午节从什么时候开始？又为什么而设立？前人传说是为了纪念楚国大夫屈原。

可是那浩浩荡荡的汨罗江水，能洗去忠直之士的冤屈吗？我国的端午即农历五月初五日，相传，这天是屈原投江自尽日，后人伤其冤死，特以粽投江祭祀并划船捞救，遂相沿而成端午节这天食粽和龙舟竞渡的风俗。作者在诗中提出了一个令人深思的问题：尽管后人歌颂、祭祀屈原，但屈原的悲剧发生了，如此冤屈是江水能够洗刷干净的吗？

竞渡曲

唐·刘禹锡

沅江五月平堤流，邑人相将浮彩舟。
灵均何年歌已矣，哀谣振楫从此起。
扬桴击节雷阗阗，乱流齐进声轰然。
蛟龙得雨鬐鬣动，螮蝀饮河形影联。
刺史临流褰翠帏，揭竿命爵分雄雌。
先鸣余勇争鼓舞，未至衔枚颜色沮。
百胜本自有前期，一飞由来无定所。
风俗如狂重此时，纵观云委江之湄。
彩旗夹岸照蛟室，罗袜凌波呈水嬉。
曲终人散空愁暮，招屈亭前水东注。

诗歌描写了端午竞渡的激烈与热闹场面，同时寄寓了诗人对屈原的缅怀，是一幅具有民俗价值的画卷。

端午日

唐·殷尧藩

少年佳节倍多情，老去谁知感慨生。
不效艾符趋习俗，但祈蒲酒话升平。
鬓丝日日添头白，榴锦年年照眼明。
千载贤愚同瞬息，几人湮没几垂名。

年轻时候，每逢佳节总爱生出许多情感；现在老了，谁还有心思平白无故去感慨万千。在端阳这天也懒得学别人悬挂艾草和画驱邪符，只祈望一盏蒲酒，共话天下太平。白发是一天比一天增加了，石榴花如红锦般夺目却年年应节而开。可叹在岁月面前，无论圣贤与普通人都是匆匆过客。谁知道，有几人湮没无闻或名垂青史呢？作者借节日感叹人生易老，年华易逝，年不留人，抒发了诗人对功名利禄的思考。

竞渡诗

唐・卢肇

石溪久住思端午，馆驿楼前看发机。
鼙鼓动时雷隐隐，兽头凌处雪微微。
冲波突出人齐譀，跃浪争先鸟退飞。
向道是龙刚不信，果然夺得锦标归。

《竞渡诗》描绘了端午时节的龙舟赛，鼙鼓初击，兽头吐威，万人助喊，多船竞发的动人场景。诗人说，在石溪住久了，思念端午节龙舟竞渡的场景。在驿馆楼前，等待开始行动的时机。鼙鼓初击时似雷声，兽头吐威，万人冲破齐声呼喊，跳跃着的浪花与飞鸟争先恐后。赛船像龙一样向前冲去，果然获得了锦标归来。

五月五日

宋・梅尧臣

屈氏已沉死，楚人哀不容。何尝奈谗谤，徒欲却蛟龙。
未泯生前恨，而追没后踪。沅湘碧潭水，应自照千峰。

屈原已沉江，楚人为他的不幸遭遇而悲哀不已。哪里能奈何谗言呢？驱赶蛟龙也只是徒劳而已。没有消除屈原生前的遗恨，反而追寻他死后的遗踪。只见碧水里倒映着山峰的影子。诗歌以景结情，余味悠然！

渔家傲・五月榴花妖艳烘

宋・欧阳修

五月榴花妖艳烘，绿杨带雨垂垂重。五色新丝缠角粽，金盘送，生绡画扇盘双凤。

正是浴兰时节动，菖蒲酒美清尊共。叶里黄鹂时一弄，犹瞢忪，等闲惊破纱窗梦。

词的上片写端午节的风俗，用“榴花”“杨柳”“五彩丝线”“角粽”等端午节的标志性景象，表明了人们在端午节的喜悦之情。下片写端午节人们悬挂菖蒲、沐浴更衣、饮雄黄酒等驱邪保健的风俗。从词中，我们可以窥见宋人过端午的习俗。

浣溪沙·端午

宋·苏轼

轻汗微微透碧纨，明朝端午浴芳兰。流香涨腻满晴川。
彩线轻缠红玉臂，小符斜挂绿云鬟。佳人相见一千年。

该词描写宋代妇女欢度端午佳节的情景。上阕主要描述她们节日前进行的各种准备：在家备夏装、沐芳浴等，而外面已是繁花盛开、香飘原野、艳阳高照。下阕主要刻画她们按照民间风俗，彩线缠玉臂，小符挂云鬟，互致节日的祝贺祈愿。

六幺令·天中节

宋·苏轼

虎符缠臂，佳节又端午。门前艾蒲青翠，天淡纸鸢舞。粽叶香飘十里，对酒携樽俎。龙舟争渡，助威呐喊，凭吊祭江诵君赋。

感叹怀王昏聩，悲戚秦吞楚。异客垂涕淫淫，鬓白知几许？朝夕新亭对泣，泪竭陵阳处。汨罗江渚，湘累已逝，惟有万千断肠句。

该词虚实相间，动静结合，明暗相续。叙说眼前庆祝端午诸景象是“实”，感怀屈原悲苦愁怨的往事为“虚”。虚写屈原，实及自己，借慨古人之忧，发今人之叹。同时，颇具民俗风俗价值，端午的习俗一应俱全：虎符缠臂、门悬艾蒲、放飞风筝、包煮香粽、龙舟竞渡、饮酒赋诗、临江吊怀等。

减字木兰花·竞渡

宋·黄裳

红旗高举，飞出深深杨柳渚。鼓击春雷，直破烟波远远回。
欢声震地，惊退万人争战气。金碧楼西，衔得锦标第一归。

竞渡的龙舟高高地挂起一面面红旗，从柳荫深处的水洲出发。鼓声像春天的雷声，冲破烟雾，劈波斩浪，直奔远处的终点。观众的欢呼声震天动地，有惊退万人争战的气势。在金碧辉煌的小阁楼西，夺得锦标的龙舟队第一个回来了。此词写端午节龙舟竞渡，采取白描手法，注重通过色彩、声音的描绘来刻画竞渡夺标的激烈紧张气氛。

和端午

宋·张耒

竞渡深悲千载冤，忠魂一去讵能还。
国亡身殒今何有，只留离骚在世间。

龙舟竞渡是为了悲悼屈原的千载冤魂，但是，忠烈之魂一去便永不复返了。国破身死后，现在还有什么呢？只留下千古绝唱的《离骚》在人世间了。诗歌写得凄清悲切、情意深沉，看似简单，实则意蕴深远。

齐天乐·端午

宋·杨无咎

疏疏数点黄梅雨，殊方又逢重五。角黍包金，草蒲泛玉，风物依然荆楚。衫裁艾虎，更钗凫朱符，臂缠红缕。扑粉香绵，唤风绫扇小窗午。

沈湘人去已远，劝君休对酒，感时怀古。慢啭莺喉，轻敲象板，胜读离骚章句。荷香暗度。渐引入陶陶，醉乡深处。卧听江头，画船喧叠鼓。

梅子黄时正是春末夏初的梅雨时节，人身处异乡，又逢端午。入乡随俗过端午：粽子、菖蒲、艾叶以及夏衫上挂着用艾叶制成的虎形饰物、额头贴上朱墨所写的符箓、臂上缠着红丝线等。文秀诗云：“节分端午自谁言，万古传闻为屈原。”风俗中往往寄托着人情，表达出人们对历史人物和历史事件朴素的感情，屈原以其忠贞的爱国精神和始终不渝的节操千百年来一直为人们记忆。但是那自沉于湘水的屈原早已远去，诗人劝道还是莫借酒浇愁感时伤怀了。不如轻启婉转的歌喉，敲响悦耳的象板，也胜过读那《离骚》。在那美好的歌声、乐声中，荷花的香味也悄然袭来。当此时节，他乡的游子也要醉了。诗人卧于席上，突然听到江头喧闹的声响，想象画船随着鼓声奋进，那是在赛龙舟吧？结句的龙舟赛，又与上片的端午民俗遥相呼应，浑然一体。

乙卯重五诗

宋·陆游

重五山村好，榴花忽已繁。粽包分两髻，艾束著危冠。
旧俗方储药，羸躯亦点丹。日斜吾事毕，一笑向杯盘。

这首闲适细腻的生活诗确实让我们倍感慰藉。诗歌具体描写了当时人们在端午节这天的生活习惯：扎粽子、绑菖蒲、饰艾虎、贴朱符、缠红缕、点朱丹、赛龙舟、喝艾酒等，不仅仅是过节，而且是在集体无意识中，享受生活，感受快乐，温习历史，体察人情。平淡的闲言琐事在诗人的笔下变得瑰奇纯粹，诗人把生活的真味都寄托在端午生活的描写中，仔细阅读，方有所悟。

端午即事

宋·文天祥

五月五日午，赠我一枝艾。故人不可见，新知万里外。
丹心照夙昔，鬓发日已改。我欲从灵均，三湘隔辽海。

文天祥于南宋景炎元年（1276）出使元军被扣，在镇江逃脱后，不幸的是又一度被谣言所诬陷。他愤然写下了这首《端午即事》，以诗明志：五月五日的端午节，你赠予了我一枝艾草。故人已不可见，新交的朋友又在万里之外。为国尽忠，我心依旧，但已白发苍苍。我想追随屈原，只是三湘被辽海所阻隔。

己酉端午

元·贝琼

风雨端阳生晦冥，汨罗无处吊英灵。
海榴花发应相笑，无酒渊明亦独醒。

端午节突遇风雨天气，昏沉阴暗，汨罗江上无人凭吊屡遭贬谪怀才不遇的屈原。盛开如火的石榴花好像也在笑话我自作多情，纵情山水的陶渊明，即使不喝酒也一样仰慕屈原卓然不群的清醒。诗歌在对天气的描写和议论中，抒发了一种愤懑的情感。

小重山·端午

元·舒頔

碧艾香蒲处处忙。谁家儿共女，庆端阳。细缠五色臂丝长。空惆怅，谁复吊沅湘。

往事莫论量。千年忠义气，日星光。离骚读罢总堪伤。无人解，树转午阴凉。

到处都在忙着采撷艾蒿、菖蒲，谁家的青年男女准备过端午节？手臂上缠绕着五色丝带，一派节日气象。我内心惆怅，还有谁在端午节追悼屈原呢？过去的事不要再评论了，屈原忠义气节，可与日月同光。读了《离骚》总使人感到悲伤。没有人理解我的心情，那就在树荫底下乘乘凉吧。原来，人们忙着过端午，一派喜庆，而忘却了这个特殊节日所蕴含的历史内涵。作者有感而发，直指俗弊。诗人“空惆怅”的孤寂与大众“庆端阳”的热闹形成鲜明对比，令人深思。

午日处州禁竞渡

明·汤显祖

独写菖蒲竹叶杯，蓬城芳草踏初回。
情知不向瓯江死，舟楫何劳吊屈来。

诗人面对赛龙舟的情景而生出对屈原的怀念。其大意是：我刚刚从城外踏青回来，只在家置备了菖蒲与酒食，我觉得这样就可以过端午了。明明知道屈原不是沉溺在我们的瓯江的，何必要劳民伤财、兴师动众以龙舟竞渡的方式来凭吊屈原呢？从诗中可见，一个清廉的地方官，是何等爱护百姓的人力与财力。

端阳

清·李静山

樱桃桑椹与菖蒲，更买雄黄酒一壶。

门外高悬黄纸帖，却疑账主怕灵符。

诗人在端阳节那天买了樱桃、桑椹、菖蒲，还买了一壶雄黄酒。家门口贴上了黄色的辟邪符纸，虽然贴了这么多辟邪的东西，但还是担心债主找上门来啊。从诗中可见诗人的窘困生活状态。

第三节　今天，我们怎样过端午节？

前面我们介绍了端午节的主要习俗有：将兰草、菖蒲、艾蒿扎捆悬挂或插在门楣上以辟邪，或烧草药水沐浴以除病健身；将五色线戴在手腕上驱邪辟凶；张贴道教符图驱邪赶鬼；饮用蒲酒、雄黄酒以强身健体；用粽子、角黍祭祀和食用；划龙舟或龙舟竞渡；佩戴香袋保健康；儿童额头点朱丹驱邪；亲友互相赠送端午扇，既和谐关系又有使用价值等。端午节作为人类非物质文化遗产，也是面向未来的节日。端午节传递家庭温情、维护个体生命、追念历史先贤、激扬民族精神，是中华民族先民卓越的文化创造。作为中华儿女，我们要继续传承发展民族节俗文化，增强民族自豪感和文化自信心，向世界奉献我们优秀的节日文化遗产。

民俗学家陈连山在《端午节："五彩"缤纷的仲夏之梦》一文中说："端午节从战国时代开始，至今已经存在了两千多年。在如此漫长的历史过程中，它伴随着人类生活方式、思想方式的发展而变化。从早期单一的辟邪驱瘟主题，逐步发展到兼顾辟邪驱瘟和纪念先贤，两个主题并重。其中既包含着我国古代天文学、医学知识，也体现着人民的忠孝观念。而且，随着科学技术的发展，端午节民俗中具有迷信性质的辟邪色彩逐步淡化，游戏娱乐成分（特别是其中龙舟竞渡游戏）逐步加强。可以说，端午节的演变过程记录着中国人走过的历史脚印。端午节把一个原本普通的日子，装点成一个绚丽多彩的节日，使我们平淡的生活变得富于诗意。这是端午节最大的意义。"

从这段论述中，我们今天过端午节，可以尝试从保健护生与纪念先贤这两个方面继承与发展。

首先，辟邪保健问题。我们应该扬弃由于生产力水平低下和古代社会科学技术尤其是医疗水平低下所形成的一些错误认识或迷信色彩。但我们可以从中窥见古代先民对生命的尊重、对健康的渴求、对长寿的期盼以及对人生平安成长的重视，体现出一种生命的原始欲力。正是如此，古代先民为达成这些愿景，在农历五月，自然界万物茂盛，蓬勃生长而细菌随之繁殖、瘟疫随之流行的仲夏之际，就特别需要重视生存的环境卫生，强身健体、辟邪除瘟、保健护身，防患于未然，于是，自然物候的推移与人文思想的融合，为了让生命之花开得更加健康而灿烂绚丽，丰富多彩、五彩缤纷的各种民俗活动便开展起来，以达到辟邪健身之功效，这就是端午节的主要内涵与使命。于是，龙舟竞渡是为了健身，也可以检验人们日常的健身锻炼训练情况；助威呐喊可以排除浊气、舒张肺活量是为了健身；门前挂菖蒲、陈艾等是为了辟邪健身；吃粽子、喝雄黄酒、吃咸鸭蛋等极富营养的节令食品是为了祛除百病、健康身体；走亲访友、女儿归宁、儿童额头点丹、手臂佩带五色丝线，等等，或和谐关系或消灾避祸或驱邪避鬼等等均是为了平安健康。

因此，端午节在时间上具有转换性的意义，包含了中国人的阴阳感知观念，从端午节习俗来看，端午节将自然中的阴阳观念与身体、生命观念有机结合，由此生成的端午文化就走向了人和自然的相互适应、和谐共生。人们以五月五日为节，目的在于辟邪消灾，以求健康平安。也就是说，端午节文化起源是中国人生命观念、宇宙观念、自然观念基础上的仪式性、娱乐性与生活性的表达。端午节习俗体现了民众在生产、生活中渴望与保护生命健康的生存智慧。从周朝开始，老百姓就传承着用朱索桃印饰门、悬挂艾叶在家门口、手上系五彩缕等消灾避邪的风俗。端午节期间，赛龙舟、吃粽子、喝雄黄酒、身上挂香袋、戴香包、门口插艾蒿、上山采药煎熬沐浴等民俗传统体现的共同价值观念，充分证明了中国人对于文化护佑生命、保障生活健康幸福的自信心和自信力。

而端午节这些习俗对今天我们正在推进的全民健身与健康中国建设都具有借鉴与参考价值，其内在理念具有相通性与一致性。

2016 年中共中央、国务院印发的《“健康中国 2030”规划纲要》，除序言外，以长达二十九章的长篇篇幅予以发布，实属罕见。在《序言》中对此有如下论述：

健康是促进人的全面发展的必然要求，是经济社会发展的基础条件。实现国民健康长寿，是国家富强、民族振兴的重要标志，也是全国各族人民的共同愿望。

党和国家历来高度重视人民健康。新中国成立以来特别是改革开放以来，我国健康领域改革发展取得显著成就，城乡环境面貌明显改善，全民健身运动蓬勃发展，医疗卫生服务体系日益健全，人民健康水平和身体素质持续提高。2015 年我国人均预期寿命已达 76.34 岁，婴儿死亡率、5 岁以下儿童死亡率、孕产妇死亡率分别下降到 8.1‰、10.7‰和 20.1/10 万，总体上优于中高收入国家平均水平，为全面建成小康社会奠定了重要基础。同时，工业化、城镇化、人口老龄化、疾病谱变化、生态环境及生活方式变化等，也给维护和促进健康带来一系列新的挑战，健康服务供给总体不足与需求不断增长之间的矛盾依然突出，健康领域发展与经济社会发展的协调性有待增强，需要从国家战略层面统筹解决关系健康的重大和长远问题。

推进健康中国建设，是全面建成小康社会、基本实现社会主义现代化的重要基础，是全面提升中华民族健康素质、实现人民健康与经济社会协调发展的国家战略，是积极参与全球健康治理、履行 2030 年可持续发展议程国际承诺的重大举措。未来 15 年，是推进健康中国建设的重要战略机遇期。经济保持中高速增长将为维护人民健康奠定坚实基础，消费结构升级将为发展健康服务创造广阔空间，科技创新将为提高健康水平提供有力支撑，各方面制度更加成熟更加定型将为健康领域可持续发展构建强大保障。

为推进健康中国建设，提高人民健康水平，根据党的十八届五中全会战略部署，制定本规划纲要。本规划纲要是推进健康中国建设的宏伟蓝图和行动纲领。全社会要增强责任感、使命感，全力推进健康中国建设，为实现中华民族伟大复兴和推动人类文明进步作出更大贡献。

2021 年国务院关于印发《全民健身计划（2021—2025 年）》，《全民健身计划》就促进全民健身更高水平发展、更好满足人民群众的健身和健康需求，提出五年奋斗目标和八个方面的主要任务。提出的“体卫融合”的健康新理念，旨在进一步号召全民不断拓展健身运动时间和空间，让运动健身成为百姓新的时尚生活方式，充分体现了以人民为中心的健康理念。

为实现健康中国和全民健身的目标，传统节日中的传统体育竞技与游艺项目不失为一种可以利用的途径和方式方法。比如成届制地举办一年一度的端午国际国内龙舟大赛，可以将端午节办成传统项目的运动会或体育节，假期可以适当延长。这样既可以发展体育运动，又可以传承传统文化，还可以招商引资，带动地方旅游产业的发展。又比如利用传统节日，可以开发一系列保健、养生的保健品、食品、文创品等等，也可以促进地方经济的发展与繁荣。

其次，纪念先贤。端午节在历史演变过程中，后来融入了以纪念各地名人尤其是以纪念爱国诗人忠臣屈原的习俗。这一习俗的形成极具特殊意义。

端午节与屈原的关系最为紧密，它们之间构成了彼此依存的互文性关系。从文献记录来看，是“伤其死所”“楚人思慕”等，由此将端午节的竞渡和水上祭祀活动解释为对屈原的纪念。在端午节期间吃粽子、划龙舟，成为端午节最为核心的元素，最初也未必是源于对屈原的纪念。但逐渐演化成为端午节的基调与核心，这得益于屈原“长太息以掩涕兮，哀民生之多艰”“亦余心之所善兮，虽九死其犹未悔”“路漫漫其修远兮，吾将上下而求索”“既莫足与为美政兮，吾将从彭咸之所居”的那种“出淤泥而不染，濯清涟而不妖”的崇高人格，这正好体现了中国文化的家国情怀，以及屈原爱国主义精神的广泛影响力，彰显了文化的铸魂力量。从这个意义上讲，端午节既属于古人也属于今人，属于中国也属于世界。

人类文明发展到今天，是一代又一代接续奋斗的结果。我们可以从端午节纪念屈原等先贤中得到启示，在享受人类一切文明成果的同时，不忘历史，不忘先辈们的创造，尤其是不能忘记那些为人类作出了里程碑式的贡献的先辈以及那些在道德伦理等人格方面具有典范性高标的人物，他们是我们前进的动力，学习的楷模，永远值得我们纪念。这与我们倡导的社会主义核心价值观具有高度的契合度和一致性。

社会主义核心价值观倡导富强、民主、文明、和谐，倡导自由、平等、公正、法治，倡导爱国、敬业、诚信、友善。其中，“富强、民主、文明、和谐是国家层面的价值目标，自由、平等、公正、法治是社会层面的价值取向，爱国、敬业、诚信、友善是公民个人层面的价值准则”。社会主义核心价值观回答了我们要建设什么样的国家、构建什么样的社会、培育什么样的公民的重大问题。我们从包括端午节在内的传统节日文化中可以吸取丰富的文化营养。可以运用传统节日的特殊时间节点，对人类的一切优秀文化进行传承，对为人类文明进步作出了贡献的具有代表性的人物进行纪念，尤其是对中华民族的历史文明进程作出了重大贡献的各个领域的人物进行缅怀和纪念。

只有这样，我们做到了不忘本来，立足现在，才能更好地开创美好的未来。

第六章　七夕节

第一节　起源与演变

七夕节，又名乞巧节、女儿节，是中华民族的传统节日之一。该节日历史悠久，颇具传奇性，来自牛郎与织女的爱情传说。民俗专家认为，它的渊源可能在春秋战国时期或之前西周时期，如《诗经·大东》有云："跂彼织女，终日七襄。虽则七襄，不成报章；睆彼牵牛，不认服箱。"不过那时候的七夕，是祭祀牵牛星、织女星，并无后面的爱情故事。直到汉代，其细节才与牛郎织女的爱情故事相联系，并且正式成为女性的节日。如东汉应劭撰的《风俗通》载："织女七夕当渡河，使鹊为桥。"又如汉代刘歆著《西京杂记》载："汉彩女常以七月七日穿七孔针于开襟楼，俱以习之。"在古代女子每逢织女的生日，都会向她献祭，祈求心灵手巧，获得美满姻缘。这也就是穿针乞巧的乞巧节的来源。亦会以五色细线对月迎风穿针，穿进针孔者为胜。所以，七夕也叫女儿节。晋代宗懔在《荆楚岁时记》里说，织女是天帝的外孙女，七月七日夜晚与牵牛在银河相会。南北朝时，任昉在《述异记》中记载："大河之东，有美女丽人，乃天帝之子，机杼女工，年年劳役，织成云雾绢缣之衣，辛苦殊无欢悦，容貌不暇整理，天帝怜其独处，嫁与河西牵牛为妻，自此即废织纴之功，贪欢不归。帝怒，责归河东，一年一度相会。"其爱情故事已具有基本轮廓。现在，也有人将七夕节视为中国古代的情人节。现代天文学理论认为，"牛郎"与"织女"的相会是非常困难的。根据现代天文观测及测算，牛郎和织女这对有情人相距 16 光年，而 1 光年约等于 10 万亿公里，即使牛郎给织女打个电话，织女也要等到 16 年后才能听到。这颇有意思吧！

2006 年 5 月 20 日，七夕节被列入第一批国家级非物质文化遗产名录。

第二节　诗词里的七夕节

传奇浪漫的七夕爱情故事激发了历代文人墨客的丰富想象，写下了无数美丽动人的诗篇。

迢迢牵牛星

两汉·佚名

迢迢牵牛星，皎皎河汉女。纤纤擢素手，札札弄机杼。
终日不成章，泣涕零如雨。河汉清且浅，相去复几许。
盈盈一水间，脉脉不得语。

诗人说，在银河一边的牵牛星遥遥可见，在银河另一边的织女星明亮皎洁。织女正摆动柔长洁白的双手，织布机札札地响个不停，可一整天也没织成一段布。这银河看起来又清又浅，两岸相隔又有多远呢？虽然只相隔了一条银河，但也只能含情脉脉，相视无言。

他乡七夕

唐·孟浩然

他乡逢七夕，旅馆益羁愁。不见穿针妇，空怀故国楼。
绪风初减热，新月始临秋。谁忍窥河汉，迢迢问斗牛。

诗人说，身在他乡，恰逢乞巧，环视四周，心中羁旅愁绪更浓。远离故土，不见妻子月下穿针，除了孤寂，心中空空荡荡。微风拂过，带走盛夏的炎热。新月当空，初秋来临。有谁忍心看那迢迢银河，问询那天河的牵牛星呢。

七夕词

唐·崔颢

长安城中月如练，家家此夜持针线。
仙裙玉佩空自知，天上人间不相见。
长信深阴夜转幽，瑶阶金阁数萤流。

班姬此夕愁无限，河汉三更看斗牛。

诗歌写出了唐代社会七夕乞巧祈愿的社会风俗：在月色如练的晚上，女孩儿们乞巧穿针，天上人间，牛郎织女，银河暗渡，相思无限。

七夕诗

唐·卢纶

祥光若可求，闺女夜登楼。月露浩方下，河云凝不流。
铅华潜警曙，机杼暗传秋。回想敛馀眷，人天俱是愁。

牛郎织女相会佳期好似可以祈求的，所以，闺中女子晚上便登楼拜月祈祷。为庆贺他们相逢，此夜的月光洒满大地，赐福人间；银河也因他们相逢不易，凝滞不流。盛装的闺女心中害怕天明他们又要分离，织女又只能在机杼声中默默地等待来年相逢。想到这些，天上人间都充满了愁绪。

七夕

唐·权德舆

今日云軿渡鹊桥，应非脉脉与迢迢。
家人竟喜开妆镜，月下穿针拜九霄。

诗歌承接古老的传说故事和民间习俗：七夕之夜，牛郎织女，鹊桥相会。人间女子开镜装扮，拜月乞巧。

七夕

唐·白居易

烟霄微月澹长空，银汉秋期万古同。
几许欢情与离恨，年年并在此宵中。

抬头仰望明月长空，浩瀚无垠。在漫漫历史长河中，古今的七夕都是一样的。每一年的这一天，牛郎与织女都经历着短暂相聚的欢愉与长久离别的愁绪。

七夕

唐·李贺

别浦今朝暗，罗帷午夜愁。鹊辞穿线月，花入曝衣楼。
天上分金镜，人间望玉钩。钱塘苏小小，更值一年秋。

天河隐隐，今逢七夕，独自一人，通宵愁绪难遣。喜鹊飞来飞去，穿针引线，花儿朵朵映入晾晒衣服的小楼。牛郎织女，相逢佳期短，分别时日长。君不见钱塘苏小小，独处寂寞又一年。

秋夕

唐·杜牧

银烛秋光冷画屏，轻罗小扇扑流萤。
天阶夜色凉如水，卧看牵牛织女星。

诗歌描写一名孤单的宫女，于七夕之夜，仰望天河两侧的牛郎织女，夜凉似水，月光似银，她不时扇扑流萤以排遣心中寂寞。诗歌反映了宫廷妇女不幸的命运，表现了宫女举目无亲、百无聊赖的苦闷心情。

七夕

唐·杜牧

云阶月地一相过，未抵经年别恨多。
最恨明朝洗车雨，不教回脚渡天河。

牛郎织女在天上一年一度的相逢，怎么抵得上长年分离的遗恨。最可恨的是明天有雨，它分明是不让牛郎再回去重渡天河与织女相见。

七夕

唐·徐凝

一道鹊桥横渺渺，千声玉佩过玲玲。
别离还有经年客，怅望不如河鼓星。

一道由仙鹊架起的小桥横卧在那茫茫银河上，听着织女的佩环叮咚，看她款款地过桥而来。离别一年复一年，抬头望去，只见到牛郎星依旧闪烁，光华亘古不变。

七夕

唐·李商隐

鸾扇斜分凤幄开，星桥横过鹊飞回。
争将世上无期别，换得年年一度来。

在七夕晚上，仰望天空，遥想牛郎织女在天上相会的美好情景：织女已经过河，并且走出凤幄，与牛郎相会；乌鹊完成填河铺桥后全都飞走了。诗人渴望能像牛郎织女那样每年与自己的亡妻相会一次。然而人间的生离死别反不如天上一年一度之相会。全诗想象丰富，从天上想到地下，从牛郎织女想到自己的爱情生活，语言精美，感情深厚，借景抒怀，诗意在诗人的想象中奔驰，表现了诗人悼念亡妻的悲痛心情。

辛未七夕

唐·李商隐

恐是仙家好别离，故教迢递作佳期。
由来碧落银河畔，可要金风玉露时。
清漏渐移相望久，微云未接过来迟。
岂能无意酬乌鹊，惟与蜘蛛乞巧丝。

也许是仙人们喜欢别离，因此，才叫牛郎织女盼望一年一度相会的佳期。在彩霞满天的万里银河畔，要等秋风四起玉露凝成之时才是相会的佳期。月光随着时间的推移长时相望，接送织女的微云才迟迟涌现。怎么会忘记填河以渡的喜鹊呢？还要感谢蜘蛛，向它乞求穿丝的技术技巧。

乞巧

唐·林杰

七夕今宵看碧霄，牵牛织女渡河桥。

家家乞巧望秋月，穿尽红丝几万条。

一年一度的七夕到了，人们情不自禁地抬头仰望浩瀚的夜空，遥望牛郎织女一年一度的相逢。“家家乞巧望秋月，穿尽红丝几万条。”写出了人们乞取智巧与追求幸福的美好心愿。

七夕

唐 · 清江

七夕景迢迢，相逢只一宵。月为开帐烛，云作渡河桥。
映水金冠动，当风玉珮摇。惟愁更漏促，离别在明朝。

诗歌书写了因牛郎织女一年一度的七夕相会，月亮为之明亮，微云为之架桥。当秋风吹拂，牛郎织女便相会在鹊桥。时光过得真快啊，离别便在天亮之前。

七夕

唐 · 罗隐

络角星河菡萏天，一家欢笑设红筵。
应倾谢女珠玑箧，尽写檀郎锦绣篇。
香帐簇成排窈窕，金针穿罢拜婵娟。
铜壶漏报天将晓，惆怅佳期又一年。

农历七月七日七夕节这天，相传牛郎与织女在鹊桥一年一度相会。人间，在这天晚上，家家陈列瓜果，祭拜月亮，穿针乞巧。天将亮，牛郎织女即将分别，因为这样的相会佳期又要等到下一年了，所以格外惆怅茫然。

蝶恋花 · 喜鹊桥成催凤驾

宋 · 晏几道

喜鹊桥成催凤驾。天为欢迟，乞与初凉夜。乞巧双蛾加意画。玉钩斜傍西南挂。

分钿擘钗凉叶下。香袖凭肩，谁记当时话。路隔银河犹可借。世间离恨何年罢。

鹊桥已经搭成，催促织女起驾，前去赴会；牛郎、织女分离长久，上天垂怜，准许他们七夕相会，又很快分开。这一天，小女子们着意打扮，月下乞巧。诗人把天上和人间相比较，牛郎织女虽然“路隔银河”，可每逢七夕仍有鹊桥相通，而人世间不能相聚的痴男怨女们什么时候才能消除离愁别恨呢？

鹊桥仙·纤云弄巧

宋·秦观

纤云弄巧，飞星传恨，银汉迢迢暗度。金风玉露一相逢，便胜却人间无数。
柔情似水，佳期如梦，忍顾鹊桥归路！两情若是久长时，又岂在朝朝暮暮！

轻盈的彩云在天空中幻化，天上的流星传递着相思的愁怨，遥远无垠的天河今夜我悄悄渡过，在秋风白露的七夕相会，远胜过尘世间那些长相厮守却貌合神离的夫妻。缱绻的柔情像流水般绵绵不断，重逢的约会如梦影般缥缈虚幻，分别之时不忍去看那鹊桥路。若是两情相悦，至死不渝，又何必贪求卿卿我我的朝欢暮乐呢？词人将议论、写景、抒情融合起来，讴歌了人间坚贞美好的爱情。

菩萨蛮·七夕

宋·陈师道

东飞乌鹊西飞燕，盈盈一水经年见。急雨洗香车，天回河汉斜。
离愁千载上，相远长相望。终不似人间，回头万里山。

七夕佳节，喜鹊、燕子纷纷前来架桥，让银河阻隔的牛郎织女相见。大雨冲刷着织女所乘的车子，天旋地转银河倾泻。千载悠悠，离愁绵绵，虽然相隔遥远，仍能遥遥相望。不像人世间，回头望去只有巍巍绵延的群山。

行香子·七夕

宋·李清照

草际鸣蛩，惊落梧桐。正人间、天上愁浓。云阶月地，关锁千重。纵浮槎来，浮槎去，不相逢。

星桥鹊驾，经年才见。想离情、别恨难穷。牵牛织女，莫是离中。甚霎儿晴，霎儿雨，霎儿风。

草丛中的蟋蟀鸣叫个不停，梧桐叶似被这蛩鸣之声所惊而飘摇落下。在云阶月地的星空中，牛郎和织女被千重关锁所阻隔，只能一年一次短暂相会。喜鹊搭桥，让牛郎、织女相聚。天气却阴晴不定，该不是牛郎、织女的相会又受到阻碍了吧！

鹊桥仙·七夕

宋·范成大

双星良夜，耕慵织懒，应被群仙相妒。娟娟月姊满眉颦，更无奈、风姨吹雨。

相逢草草，争如休见，重搅别离心绪。新欢不抵旧愁多，倒添了、新愁归去。

今夜是牛郎织女相会的好时光，寂寞的群仙要生嫉妒了，娇美的月亮姊姊蹙紧了蛾眉，风神与雨神便兴风作雨，天地反常。相见匆匆，短暂的聚首搅起离别的忧伤。见面的欢乐总不抵久别的忧愁，反倒又增添了不少新愁。

西江月·新秋写兴

宋·刘辰翁

天上低昂似旧，人间儿女成狂。夜来处处试新妆。却是人间天上。

不觉新凉似水，相思两鬓如霜。梦从海底跨枯桑。阅尽银河风浪。

天上日落月升，斗转星移，景象跟从前一样；人间男女依然如痴如狂，陶醉在节日的欢乐中。七夕夜，处处可见身着新装的人们，仿佛人间天堂。不经意间，感觉新秋凉意似水，因为思念故国，两鬓已斑白如霜。我梦见自己在海底跨越沧桑，又在天上看尽银河风浪。

七夕

宋・杨璞

未会牵牛意若何，须邀织女弄金梭。

年年乞与人间巧，不道人间巧已多。

不知道牛郎到底是怎么想的，非得邀请天上的仙女来织满天的锦绣云霞。每年人们都要在七月七日晚上向天上的织女乞巧，却不知道人间的智巧已经很多了。

沉醉东风・七夕

元・卢挚

银烛秋光冷画屏，碧天晴夜静闲亭。蛛丝度绣针，龙麝焚金鼎。

庆人间七夕佳令，卧看牵牛织女星，月转过梧桐树影。

白银烛台放射出的光，照亮了画屏，在晴朗的夜晚，悠闲地坐在亭子里仰望夜空。妇女们用蛛丝穿过绣针正在乞巧，香炉里焚烧着麝香。人们都在庆祝人间七夕佳节，卧看牵牛织女星在鹊桥相会，及月亮移动时投下的倒影。

中吕・迎仙客・七月

元・佚名

乞巧楼，月如钩，聚散几回银汉秋。遣人愁，何日休，织女牵牛，万古情依旧。

年年初秋的七月七日，登上乞巧彩楼，只见弯月如钩。牛郎织女在银河的鹊桥上相会又分离。这种令人感伤的场面，什么时候才会结束？织女牛郎永相爱，隔不断的相思之情万古依旧。

七夕·醉答君东

明·汤显祖

玉名堂开春翠屏，新词传唱牡丹亭。
伤心拍遍无人会，自掐檀痕教小伶。

在玉茗堂里的屏风前，大家一遍一遍地唱着新编的戏曲《牡丹亭》。让人伤心的是没有人理解懂得它的内涵，只得我亲自登场击鼓打板教演员唱了。

七夕二首

明·德容

一

玉露金风报素秋，穿针楼上独含愁。
双星何事今宵会，遗我庭前月一钩。

二

织女牵牛送夕阳，临看不觉鹊桥长。
最伤今夜离愁曲，遥对天涯愈断肠。

七夕为农历七月初七之夜。民间传说牛郎织女此夜在天河相会。后加入妇女穿针乞巧、祈祷生育与福寿等内容。诗人记述自己的感想，抒发自己的情怀。任何风俗风景，其观感体验皆因人而异。旧俗此时，妇女尤其是未婚少女，尽皆欢天喜地，满怀憧憬，祈祥祷福。诗人却无此心境，她疑惑牵牛织女为什么要此夕相会。诗人关注的不是牛郎织女的团聚，而是团聚之后的断肠离别，颇有意味。

韩庄闸舟中七夕

清·姚燮

木兰桨子藕花乡，唱罢厅红晚气凉。
烟外柳丝湖外水，山眉澹碧月眉黄。

这首诗把所见自然风景之美与七夕美好的民间传说结合起来，既描写了湖光山色的自然之美，又融入了牛郎织女的爱情神话，诗味浓郁，意韵悠长。

第三节　今天，我们怎样过七夕节？

七夕作为一个有着悠久历史的传统节日，它萌芽于春秋战国或西周时期，成形于汉魏，兴盛于唐宋，流传于明清，复兴于当今。今天七夕节的兴盛，既有传统节日复兴的大势使然，也有针对社会生活与文化语境变化的需要，还有商业等诸多方面的刻意炒作，它体现了传统节日在当代社会的创造性转化与创新性发展的可能与趋向。

与其他传统节日相比，七夕节的复兴有其鲜明的特殊性。它复兴的直接因素是回应西方情人节的传入。在回应过程中，人们一方面积极挖掘传统，从七夕节的既有习俗中寻找爱情因素；一方面用开放包容的心态采借西方情人节的文化符号，为我所用；与此同时，又延伸出彩虹鹊桥、相亲大会、情歌对唱、抛掷绣球、比武招亲、放飞许愿灯等诸多具有中国元素的文化符号与活动，从而丰富了七夕节的习俗活动与文化内涵，使原本以乞巧为主题的七夕节出现了明显的向爱情转向的态势，很大程度上契合了当代人的价值观念和社会需求，增强了七夕节的吸引力。七夕节是传统节日在良好的生态环境中，通过利用传统文化要素，形成新节俗、赋予新内涵而实现振兴的典型例子，它揭示了一个规律：传统节日只有立足传统之根，并与当代文化相适应、与现代社会相协调，才能更好地传承与发展。

过好七夕节还需要在因时制宜、融古开新上下更多功夫，各级政府应该充分肯定七夕节的当代价值和积极意义，并认真遵循《关于实施中华优秀传统文化传承发展工程的意见》中的基本原则，积极弘扬七夕节所蕴含的忠贞不贰的爱情观、夫妻和睦的婚姻观、勤俭持家的家庭观、敢于担当的成人观等；相信民众在节日生活方面的创造力，减少对民众节日生活的过度干预，并为民众过好节日搭建宽广优质的活动平台。学者可以跟踪调研七夕节的新变化，全面呈现七夕节的地方文化传统，系统梳理七夕节的历史渊源、发展脉络和基本走向，并进行文化阐释，为保护七夕节的文化多样性并更深地扎根现实生活提供坚实的学术支持。

我们知道，七夕节俗的主题经历了星辰祭祀、幸福祈求、人间乞巧等历史变化。民谣云："年年有个七月七，天上牛郎会织女。牛郎哥，织女嫂，夫妻双方来送巧。"七夕从总体上看，是一个女性节日，它关联着女性的心灵与身体。今天，有人建议将七夕节定为中国的情侣节或情人节，其实这对七夕以乞巧为主题的传统具有较大的偏离，但七夕作为传统的女性节日，适应时代变化的需要，在传承历史文化传统的同时，也要更新变革部分节俗内容，做到与时俱进，俗随时变，这种意见也未尝不可。所以，著名民俗学家萧放建议：（一）复兴传统乞巧内涵、重视手工实践。乞巧是传统七夕的重要内容，七夕乞巧活动主要强调人们的心灵手巧，传统的方式是对月穿针、水上漂针、撒花瓣、种巧芽、镂花瓜、做巧果、结彩楼，以种种手工活动显示人们的聪慧与智巧。当代社会虽然在乞巧形式上不一定追求古制，但我们可效法古意，利用七夕节日调动人们对手工技艺的兴趣，以巧艺展示与巧技竞赛的方式激发青少年的创造欲望与创造动力，同时也是心智的磨炼，人们在技巧的比试过程中锻炼自己的思维能力与动手能力。在人人都想当科学家的时代，我们不妨提倡具体而微的手工技艺的学习，以适应社会经济文化建设的实践需要。将七夕节作为传承传统技艺、倡导重视技艺实践的民俗节日，结合中小学教学中的手工课与课外兴趣教学活动开展七夕乞巧的展示与竞赛，如手工小制作、美术作品、小小技术发明、电脑动画、程序设计，等等。（二）传扬牛郎织女传说，强调爱情忠贞。将七夕作为两性交往的时机与两性伦理、情感教育的特别时间。七夕节因为有牛郎织女鹊桥相会的传说，被认为是中国的爱情节，两情相悦与相互守望是七夕的主题之一。七夕节俗中强调男女的彼此欣赏，为青年男女的正常交往提供时机与空间，比如在河南鲁山七夕举办男女联谊的游园会等就是传统民俗的新表现；同时七夕也强调人们对感情的忠贞，这种忠贞经受着时间流逝与空间分隔的考验。在社会急剧变化，人口广泛流动的今天，人们的情感生活面临着比传统社会更大的挑战，一方面两性交往合作的机会增多，人们面临的情感困扰也随之增长；另一方面由于学习与工作的原因，情侣常常分隔两地。在这样的社会境遇面前，七夕所承载的牛郎织女矢志不渝的爱情传说有着重要的现实意义。（三）传承七夕成年礼俗，增强社会团结与和谐稳定，活跃与丰富地方民俗生活。传统七夕在一些地方具有女性成年礼的意涵，作为从少女到成年女性的通过仪式，它是道德、情感、心智、技艺获得增进与提升的重要时机，也是女性身份认同与角色意识增强的特殊阶段。在当今社会，女性成长过程中，也同样需要这样一个成年仪式。女性的情感与技艺智慧同样需要集体生活的养育与催化，七夕成年礼就是一个完整的可以借鉴的集体通过仪式。我们借助这样的民俗传统，自然而然地将年轻女性纳入社会生活之中。比如陇南西和一带的七夕乞巧活动的主力是女中学生，在成年女性的指导帮助下，她们完成坐巧、迎巧、祭巧、拜巧、娱巧、送巧等各项仪式，这对于十几岁的女孩子来说，就是一个人生成长的重要过程。我们只要有意识地将成年规训、成年的责任义务、成年的生活技能贯穿在仪式与演唱活动之中，我们就能很好地实现传统仪式的现代转换，从而达到传统文化遗产与当代社会生活的和谐传承。（《中国艺术报》2017 年 8 月 25 日）

因此，在我看来，七夕节在当代社会围绕两大主题可以大有作为。一是婚姻主题，强调忠诚忠贞、恋爱自由、婚姻自主、夫妻和谐、家庭幸福，可在七夕节表彰模范夫妻、美好家庭。二是乞巧主题，传承工匠精神，规划高素质创新型技能人才队伍建设目标，培养各行各业国家建设需要的大国工匠、卓越技师。

第七章　中元节

第一节　起源与演变

中元节，民间称为七月半、祭祖节、亡灵节。它是一个融合了民间习俗、道教与佛教文化的节日，在道教称中元节，在佛教称盂兰盆节。节日习俗主要有祭祖先、放河灯、祀亡魂、焚纸锭、祭祀土地等。它的诞生可追溯到上古时代的祖灵崇拜以及相关祭祀活动。

农历七月乃是吉祥月、孝亲月、丰收月。七月半是民间初秋庆贺丰收在望、酬谢大地恩赐的节日，此时有若干农作物成熟，民间按例要祭祀祖先，用新稻米等祭供，向祖先报告秋收。有的地方，新稻收获，吃新米饭前还有先让祖先吃，再让狗吃，最后才是人吃的习俗。据说，稻谷的种子是通过狗游泳过河才得以弄到的。总之，该节以追怀先人和敬祖感恩为核心。

古人认为，七是一个变化的数字，是复生之数。《易经》有云："反复其道，七日来复，天行也。"七是单数、阳数、天数，天地之间的阳气尽绝之后，经过七天可以复生，这是天地运行之道，阴阳消长循环之理，民间选择在七月十四（二七）或十五祭祖与复生数七有关，民间俗称鬼节、七月半。道教的中元节与佛教的盂兰盆节设在七月十五日。它与除夕、清明、重阳成为中华民族传统的四大祭祖大节。所以，我们说，这个节日是一个融合了民间习俗、道教文化与佛教文化的节日。佛教传入中土，为了更好地融入以儒家文化为主导的中华民族，将佛教的腊佛日经过改造演变为盂兰盆节，其中家喻户晓的"目连救母"的故事便源于此，其文化内涵与中国传统的孝道文化相融相通。

中元节，民间俗称鬼节。相传这天，地狱大门打开，阴间的鬼魂会放出来。有子孙、后人祭祀的鬼魂回家去接受香火供养；无主孤魂就到处游荡，徘徊于任何人迹可至的地方找东西吃。所以，人们纷纷在七月十五这天，举行投食祭祀、诵经作法等“普度”“施孤”布施活动，以超度孤魂野鬼，防止其为祸人间，或祈求祖先或鬼魂帮助人间除疫祛病和保佑家宅平安。

中元节的称谓与中国岁时节令正月十五上元（元宵节）、七月十五（中元节）和十月十五（下元节）有关。按照中国本土道教，据说这“三元”是“天地水”三官大帝的诞辰。正月十五日称为“上元”——天官生日，主要赐福，是人的节日，属阳，在地上举行赏灯会；七月十五日称为“中元”——地官生日，主要赦罪，是鬼的节日，属阴，在水上举行放河灯；十月十五日称为“下元”——水官生日，主要解厄，此节民国后渐废，今国人大多不知。

我们说，中元节所形成的节日习俗主要有：祭天、祀祖、礼佛、敬道等。儒释道三教并存、相互借鉴，宋人仇远在《武林旧事》卷三《中元》中说：“七月十五，道家谓之中元。各有斋醮等会。僧寺于此日作盂兰盆斋，而人家亦以此日祀先，例用新米、新酱、冥衣、时果、彩段、面棋，而茹素者几十八九，屠门为之罢市焉。”由此可见中华文化的创新性、包容性与博大性。

中元节的习俗各地大同小异，也有不少禁忌。四川中元节习俗一般都要祭祖烧纸。即将纸钱封成小封，一边烧纸钱，一边念语道：“至亲好友，左邻右舍，原先住户，所有亡魂和孤魂野鬼，都请上花盘，送你们回去啦！”

2010 年 5 月，中元节被列入国家级非物质文化遗产名录。

第二节　诗词里的中元节

围绕传统中元节，诗人写下了不少诗作，从中可见中元节的文化内涵与习俗，感知古人对天地神灵、人间生死与祖先亡魂的崇敬及人文情怀。这些诗歌与其他节日诗歌区别显著，别具特色，其词大多融入了道教、佛经等知识用语。

中元日赠张尊师

唐·令狐楚

偶来人世值中元，不献玄都永日闲。

寂寂焚香在仙观，知师遥礼玉京山。

诗歌说在中元节这天我来到玄都观，看见在道观里的人们焚香献祭，一派忙碌，也知道大师您在道观里向天帝祈福：祈愿天下平安！

中元观法事步虚

唐·殷尧藩

玄都开秘录，白石礼先生。上界秋光净，中元夜气清。
星辰朝帝处，鸾鹤步虚声。玉洞花长发，珠宫月最明。
扫坛天地肃，投简鬼神惊。倘赐刀圭药，还留不死名。

这首诗写的就是中元节道家在玄都观做法事的情况。诗歌交代了地点环境，描绘了时令气象，做法事的过程，等等。

中元日观法事

唐·卢拱

西孟逢秋序，三元得气中。云迎碧落步，章奏玉皇宫。
坛滴槐花露，香飘柏子风。羽衣凌缥缈，瑶毂转虚空。
久慕餐霞客，常悲习蓼虫。青囊如可授，从此访鸿蒙。

这是一首描写中元节道士在道场做法事的五律。其中涉及很多道家知识与道家文化，比如三元、碧落、玉皇、道坛、羽衣、瑶毂、饮露、鸿蒙等都与道家有关。

请告南归留别同馆中元作

唐·李群玉

一点灯前独坐身，西风初动帝城砧。
不胜庾信乡关思，遂作陶潜归去吟。
书阁乍离情黯黯，彤庭回望肃沈沈。
应怜一别瀛洲侣，万里单飞云外深。

这是一首告别诗，虽作于中元节，但与传统内容不同。主要抒写的是诗人告别书阁同事的不舍与对故园的思念。用典自然，寄意深刻，意味悠长。

中元作

唐・李商隐

绛节飘摇宫国来，中元朝拜上清回。
羊权须得金条脱，温峤终虚玉镜台。
会省惊眠闻雨过，不知迷路为花开。
有娀未抵瀛洲远，青雀如何鸩鸟媒。

诗歌似记写一段纯洁而凄婉的爱情故事。梦中情人，其人虽在，相思缠绵，但却如人仙殊途，物是人非，可望而不可求啊。看来，即使是中元节题材也不一定仅写鬼界亡魂之类，亦有人间美梦可记可写。

即事中元甲子

唐・韦庄

三秦流血已成川，塞上黄云战马闲。
只有羸兵填渭水，终无奇事出商山。
田园已没红尘内，弟侄相逢白刃间。
惆怅翠华犹未返，泪痕空滴剑文斑。

此诗一说为罗隐所作。诗歌描写了唐末社会战乱的惨状：血流成河、战事不断、兄弟相残、田园荒芜、哭声连天、泪痕斑斑……作者以诗记事，感时伤怀。

中元夜看月

唐・罗隐

朦胧南溟月，汹涌出云涛。下射长鲸眼，遥分玉兔毫。
势来牛斗动，路越霄冥高。竟夕瞻光影，昂头把白醪。

这是一首描写中元夜赏月的五律。诗歌气势宏阔，写出了中元夜的朦胧月色、汹涌云涛、浩瀚夜空、月宫玉兔、银河星斗等以及诗人月下望月的情景。

中元夜

唐·李郢

江南水寺中元夜，金粟栏边见月娥。
红烛影回仙态近，翠环光动见人多。
香飘彩殿凝兰麝，露绕青衣杂绮罗。
湘水夜空巫峡远，不知归路欲如何。

诗人说，一年一度的中元节之夜，我在江南水寺，倚栏仰望，只见一轮明月高挂夜空。地上红烛点点，烛光摇曳，在隐隐光影中，人影绰绰。寺庙里，兰麝的香雾弥漫在装饰一新的大殿，淡淡的露气萦绕着身着绮罗青衣的人们。明月之下，湘水之畔，巫峡遥远，也不知道如何才能踏上回家之路。

中元夜寄道侣（其二）

唐·陆龟蒙

橘斋风露已清余，东郭先生病未除。
孤枕易为蛩破梦，短檐难得燕传书。
广云披日君应近，倒影栽花我尚疏。
唯羡羽人襟似水，平持旄节步空虚。

这是一首赠送道友的诗歌。诗歌交代了时间、地点、天气、物候与诗歌的主人公及其状态与关系，写出了诗人对道家飘飘欲仙与花木扶疏的仙界的向往。

中元夜百花洲作

宋·范仲淹

南阳太守清狂发，未到中秋先赏月。
百花洲里夜忘归，绿梧无声露光滑。

天学碧海吐明珠，寒辉射宝星斗疏。
西楼下看人间世，莹然都在清玉壶。
从来酷暑不可避，今夕凉生岂天意。
一笛吹销万里云，主人高歌客大醉。
客醉起舞逐我歌，弗歌弗舞如老何。

这是一首中元节之夜写诗人夜游百花洲的佳作。极写百花洲夜景之美，故令人游而忘归。诗歌联想自由，由地上到天上。地上是梧桐碧绿，无声而立，天上是星星点点，月明星稀；地上是凉风习习，酷暑渐消，天上是明月清辉，空里流霜；月夜下，有人吹笛，有人高歌，有人起舞，真是其乐融融，好不热闹，乐而忘归。

中元燕百丈小楼诗

宋·王逵

薛老峰南更近西，小楼高阁与云齐。
中山酒熟中元节，归去从他醉似泥。

诗人说，在中元节之夜，在高耸入云的燕百丈小楼上，大家喝着刚刚烤出的美酒，个个喝得烂醉如泥。由此可见，中元节除了祭祀祖先和亡灵外，人们也会乘机享受难得的节日之乐。

宫词

宋·王仲修

殿阁新秋气象清，玉阶露冷半雕冥。
六宫最重中元节，院院烧香读道经。

这首宫词写出了宋代社会尤其是宫廷里在中元节的活动与习俗。诗歌首先交代了地点：殿阁，时间：新秋，气候：清肃，然后描写了具体的环境：宫里有些冥暗。最后点题：中元节之夜，后宫的人都在焚香拜祭，参读道经。

寿周益公

宋·李商叟

昨夜微云概太清，银河映带寿星明。
祥开碧落中元节，人颂升平上相生。
天上异恩尊帝傅，洛阳好事写耆英。
长身独乐园中老，疑是平园旧弟兄。

这是一首祝寿诗，估计寿星周公的生日在7月15日。诗歌先从自然环境写起：天清气爽，明月高悬，接着写天意吉祥，人间太平，瑞祥相生，然后歌颂对方的功德与成就。最后祝愿寿星寿比南山、长命百岁、安享晚年！

醉和颜美中元夕

宋·赵鼎

年年人月喜团圆，好在诗边又酒边。
莫道玄风只渔钓，也随世俗夜无眠。

这是一首唱和诗。诗人说，无论是地上的人还是天上的月，都是喜欢团圆的。因为团圆既可以吟诗又可以饮酒。不要以为玄真子只晓得钓鱼，他也跟大家一样在中元节之夜无眠。

初秋戏作山居杂兴俳体十二解

宋·杨万里

月色如霜不栗肌，月光如水不沾衣。
一年没赛中元节，正是初凉未冷时。

这是一首吟唱中元节气候的诗歌，很有特色。诗人说，中元节的气候真好啊，既不冷又不热，“正是初凉未冷时”。

新凉感兴

宋・杨万里

初退生衣进熟衣，新凉只与睡相宜。
草争人迹微疏处，荷怯秋风欲动时。
又是一年将过眼，如何两鬓不成丝。
中元节后新来懒，草册才抄第二诗。

这是一首写中元节前后气候冷暖适宜的诗歌，只是融入了诗人对时光流逝的感慨与作为不大的遗憾。诗歌新颖别致，极富韵味。

中元日午

宋・杨万里

雨余赤日尚如炊，亭午青阴不肯移。
蜂过无花绝粮道，蚁行有水遏归师。
今朝道是中元节，天气过於初伏时。
小圃追凉还得热，焚香清坐读唐诗。

这是一首记写诗人在中元节前后生活的七律。诗人善于从日常生活中捕捉诗意，画面感极强极美：“焚香清坐读唐诗。”

水调歌头・天地有中气

宋・刘辰翁

天地有中气，第一是中元。新秋七七，月出河汉斗牛间。正是使君初度，如见中州河岳，绿鬓又朱颜。茎露一杯酒，清彻瑞人寰。

大暑退，潢潦净，彩云斑。三壬三甲厚重，屹不动如山。从此五风十雨，自可三年一日，香寝镇狮蛮。起舞愿公寿，未可愿公还。

诗人说，天地有中气那便是中元，接着抒写了新秋中元的气候、自然山河的景象：酷暑消退，寒凉未至，天清气爽，既无狂风亦无暴雨，“清彻瑞人寰”。这是人间最好的时光。所以，诗人说：“天地有中气，第一是中元。”

中元

宋·徐集孙

今朝逢令节，依旧客殊乡。禅衲同分席，清斋若过堂。
江茶浮水色，野菜带山香。忽忆三秋菊，谁锄小径荒。

这是一首写中元节的五律诗。清新自然，颇有田园风。诗人说，今天就是中元节了，为了节日祭祀，僧人们吃素念斋，精心准备，茶水清淡，素食飘香。突然想起秋天的菊花，谁在为山间小径锄荒呢？

中元

元·仇远

初秋当望夜，平楚带斜曛。暑气能昏月，砧声不隔云。
华灯浮白水，老衲诵冥文。漫说中元节，儒书惜未闻。

这首写中元节的五律诗极富画面感：初秋时节，夕阳余晖下夜色降临，平林漠漠。月亮被夜晚的暑气熏得昏晕，远处传来捣衣的声音。灯光下有人在喝酒；寺庙里僧人在念经……

干楼晚眺（其二）

明·李贽

凭高一洒衣，望远此何时。正是中元节，兼听游女悲。
杯干旋可酌，曲罢更题诗。愿将北流水，弹与钟子期。

这首中元节诗歌的内容颇为特别，它书写的是诗人在中元节干栏听曲的经历，表达了渴望知音的强烈愿望与内心孤寂。联系李贽的思想个性与人生经历，意味悠长。

戴生在吾语感秋思归诗以慰留之二首（其一）

明·何景明

到日中元节，淹留岁渐微。而翁在异县，知汝苦思归。
旅馆空弹铗，秋风未授衣。敝床还可宿，暂住莫相违。

诗人写道，中元节到了，岁月流逝，渐近微凉。自己却在异乡，能够感知亲人的思念之苦。我独自在旅馆里弹铗唱歌，抒发对故乡亲人的思念。唉，一切都将就了吧，不要辜负了彼此的期望！

中元见月

明・边贡

坐爱清光好，更深不下楼。不因逢闰月，今夜是中秋。

这是一首别样的抒写中元节的诗歌。因为闰月，这年的中元节与中秋节在同一天（这是诗人的理解，从科学上讲，这两个节是不可能在同一天的），而这一天，月亮高悬，月光朗朗，诗人即使坐在楼上也可以赏月，享受节日的美好与温馨。

中元日斋中作

明・朱曰藩

陶枕单衾障素屏，空斋独卧雨冥冥。
辋川旧拟施为寺，内史新邀写得经。
窗竹弄秋偏寂历，盂兰乞食信飘零。
年来会得逃禅理，长日沉冥不愿醒。

诗人说，中元节这天，他独自在简陋的斋中度过。一切都在瞬息变化之中，曾经的辋川成了寺庙，世事时时都在改变。窗外已是一派寂寂冥暗的秋天，即使今天自己也在为生计而四处飘零。但愿某一天，能够淡出红尘，沉溺禅理，忘却人世的功名利禄。

中元节过长寿庵感怀

明・李之世

捣衣惊此月，乡梦起秋砧。况值盂兰节，谁无寸草心。
金钱资佛曾，香钵趁禅林。复想家堂荐，遥遥泪满襟。

诗歌首先交代了节日的气候时令，中元节这一天，诗人路过一个叫长寿庵的地方，于是，便不自觉地想到已逝的和尚在的亲人，祈福长寿安康；又想到自己奔波在外不能在家孝敬父母而泪满衣襟。

盂兰盆道场即事

明·王彦泓

两月三丧哭不干，雁行相对雪衣冠。
红灯照渡同千盏，翠竹扬幡各一竿。
几处旧家都梦影，一丛新鬼暂盘桓。
他生未必重相认，但悟无生了不难。

诗人说，自己的亲人“两月三丧”，痛哭已无法表达他的心情。眼前的人们穿着白衣参加亡灵超度法事。蜡烛摇曳经幡飘飞中，仿佛看见一座座旧影新坟，但即使相见也许未必相识啊！联系诗人所处社会时代，恐怕另有寄寓。

中元前一夕枕上偶成

清·纳兰性德

酒醒池塘耿不眠，帐纹漠漠隔轻烟。
溪风到竹初疑雨，秋月如弓渐满弦。
残梦远经吹角戍，明河长亘添衣天。
哀蛩饯晓浑多事，也似严更古驿边。

中元节为农历的七月十五，前一夕即七月十四。诗人说中元节前夕，酒醒难眠，心事萦怀。窗外，秋风习习，秋雨初歇。夜空中，秋月似弓，高悬天空。好像自己又随从皇上巡视边防古驿，听见号角声声。

中元节有感

清·王凯泰

道场普渡妥幽魂，原有盂兰古意存。
却怪红笺贴门首，肉山酒海庆中元。

农历七月十五这天，佛、道两家对中元节都很重视，再加上民间的所谓祭祀亡魂的鬼节，使得这个时日更显得多彩多姿：道场安慰幽魂，佛家盂兰普度，民间挂红驱鬼，祭品丰盛让亡魂享用。

长安杂兴效竹枝体

清・庞垲

万树凉生霜气清，中元月上九衢明。
小儿竞把青荷叶，万点银花散火城。

诗歌形象描绘了农历七月十五中元夜里儿童持荷叶灯结伴游乐的情景，小孩子手提荷灯，灯光点点。同时写出了中元节的气候：秋月朗朗，高悬九霄，凉生霜气，一派清肃。

满庭芳・中元节途次蒙阴追悼亡女

清・陈维崧

庾氏荀娘，左家娇女，慰情谁道非男。铭椒颂菊，略涉也粗谙。每岁因爷作客，恒归伴、阿母香奁。天涯信，灯花蟢子，频向紫姑占。

江淹。何限恨，半生婚嫁，怨极愁添。只今朝五岳，敢诩幽探。惆怅中元令节，家山事、梵呗庄严。蒙阴畔，两行红泪，寄不到江南。

这是一首中元节悼怀女儿的词作。词人描写了女儿年轻美丽的青春岁月以及对父母的爱与慰藉和女儿在节日占卜祈福的细节回忆。遗憾自己常年奔波在外对女儿成长关怀不够。抒写了词人对女儿早逝的忧伤与悲痛以及人天两隔无法寄托哀思的无奈。

第三节　今天，我们怎样过中元节？

农历七月十五的中元节，在我国很多地方都被称为“鬼节”。中元节的设置是人们借助一定的仪式和特定的方式，对死者尤其是孤魂野鬼实施的一种人文关怀，对可能危及人类自身生活特别是社会秩序的因素予以清理或清除。虽然我们忌讳死亡与鬼怪，人性之贪生怕死，但个体生命的最终死亡却是必然的，所以中元节的存在对生命的存在具有特殊意义，是沟通阳间与阴间的特定时间与空间。这些仪式之所以能够长期传承，是因为人们在其中寄寓着常在常新的生命情感与生活愿望，并在千百年间凝聚为一种群体意志，成为我国传统乡土社会中的某种整体性文化诉求，值得我们重视。

七月十五是中华民族曾经最重要的传统节日之一，是道教、佛教和民间三方力量汇流而成的具有中华民族特色的“鬼节”，类似西方的万圣节，在一些地方甚至重于过年。道教称中元节，佛教称盂兰盆节，而在民间则有更多称谓，如七月半、过月半、阴节、瓜节、施孤节、麻谷节、河灯节等等。我国幅员辽阔，民族众多，不同地域、不同民族的节期长短不一，习俗亦有差异，但都以祭祀先祖、超度鬼魂等为主。

传说七月十五这天地府洞开，鬼魂四出，民间有“七月半，鬼乱窜”的说法。先民认为，人死后灵魂不灭，有祀者回家接受子孙的祭拜，无祀者就到处飘荡为害。中元节主要进行两大祭祀活动：一是寺观做盂兰盆会。每逢七月十五，便有社会贤达礼请佛道做法事“普度”亡灵，设坛作醮，祀无主孤魂，为公祭。二是以家庭为单元祭祀先祖，供奉如仪，祭祀完后还要举行家宴，为私祭。其大致仪式为：酹酒三巡，表示祖先饮宴；然后阖家团坐，共进晚餐；天黑之后，人们携带爆竹、纸钱、香烛，找一块僻静的河畔或塘边平地，有的用石灰撒一个圆圈，表示禁区，再在圈内泼水饭，烧纸钱，鸣放鞭炮，恭送祖先上路。故在传统民间社会，七月十五实际上是以祖先崇拜为中心、以家人团聚为活动形式的祭祖团圆节日。其实，这是一种人间社会关系的延伸——向阴间或天堂延伸——如果真的存在的话。

中元节的形成与节俗的演变与影响中华民族心理性格的道教、佛家以及儒家思想有着密切的关联。道教认为，神界存在天、地、水三官大帝，三位天神分别掌管天、地、水三界或上中下“三元”。其具体职责或“神力”分别是：上元天官紫微大帝主赐福、中元地官清虚大帝主赦罪、下元水官洞阴大帝主解厄。三位天神的诞辰分别是：上元正月十五、中元七月十五、下元十月十五。在三官天神中，地官清虚大帝在民间有着更大的影响力，此神于七月十五普度孤魂野鬼，有罪之人也可在该日祈求赦罪，于是在七月十五这一天，各地道观作斋醮荐福。中元节的另一重要内涵是来自印度的佛教的盂兰盆会。佛教融入中元节，似乎始于魏晋。本土文化对外来佛教进行了本土化，最终使其成为富含尽忠尽孝内涵的宗教。印度佛教仪式中追荐祖先的“盂兰盆会”、勉励教徒孝顺先辈的《盂兰盆经》，佛教的轮回观念竟演化出超度先祖的佛事，衍生出超度、祭奠鬼神的盂兰盆节。与此同时，古代中国作为典型的宗法制农耕社会，宗法家族文化是中国传统文化的核心，而以父权、族权为特征的宗法制度是宗法文化的主要表现形式。家族性或宗族性的祭祀既是宗法制的核心内容，也是宗法文化的具体体现。在中国古代传统的农业社会中，“家国同构”，家庭承载着生产、生活和繁衍生息的主要功能，以家庭为中心而辐射和扩散的血缘关系形成农耕社会的主要联结纽带，促成“家国一体”的社会结构，进而由家庭——家族——宗族的血缘关系衍生出中国特有的宗法制文化。家庭、家族、宗族在中元节的传承及运作中发挥着重要作用，因而造就了中国中元节的家族性，形成了以父系为中心、以血缘为基础、以祭奠家族祖先为内容的基本特色。这也与儒家倡导的等级制度与“三纲五常”等重视人伦的伦理思想密切相关。因此，民俗学者周阳认为：“以西方万圣节为比较对象，祭奠先祖是中国中元节的显著特色。”“尊崇天神的尊天意识赋予中元节神圣性。”“祭奠先人或先祖，是诸多中国节日的重要内容，也是中元节的主要节俗或核心仪式，因而孝道在中国人心目中的崇高地位和祭奠活动的庄严肃穆，决定了中元节的神圣性。”“从总体上看，中国中元节敬拜神灵的虔诚敬畏、祭奠先祖的庄严肃穆，与西方万圣节狂欢的放纵恣肆、浪漫张扬形成鲜明对比。”“比照西方的万圣节，中国中元节具有宗教性、宗法性、神圣性等文化特色，而农耕经济、文化底蕴、民族心理等多种因素决定了中元节的文化特色。”(原载于《社会科学动态》2017 年第 05 期。)

今天，我们有些人讳言中元节，有的是对中元节历史文化无知与缺失；有的是受政治意识观念的禁锢；有的是对传统文化的无理漠视；有的是受外来文化的影响；有的是潜意识里对死亡的忌讳与回避……因此，确有必要对国人进行生老病死的生命教育。我们知道，在人的生命过程中，生乃偶然，死乃必然。然而，恋生畏死亦为人性固然。那么，如何恰当地面对人生中的生与死？我们觉得，树立符合人性的生死观是必须的，而进行生命教育应为应尽之义，利用科学以及包括传统节日文化展开便是切入点之一。

第八章　中秋节

第一节　起源与演变

农历八月十五是一年之中月亮最明亮、最美好的日子，也是一年收获的时节。秋高气爽，谷物成熟，田野一片金黄，乡村一派繁忙。劳动之余，人们在习习秋风的吹拂下，在朗朗月光的照耀下，聚集在一起，喝酒、吟诗、品赏美食、谈天论地，也品赏一年四季的劳动收获，享受亲人的团聚与天伦之乐，畅想美好的未来。甚至弹起乐器，唱歌跳舞，无拘无束地玩乐，遐想万里之外，月宫里的嫦娥，还有伐树的吴刚也会分享人间的收获与欢乐。

学术界一般认为，中秋节的起源之谜表现在三个方面：一是它的形成时间何在？二是它的节日习俗是怎么来的？三是中秋节的节俗活动内容主要有哪些？

我们认为，中秋节应有悠久的历史，和其他传统节日一样，也是经过慢慢发展形成的。古代部落首领或帝王有春天祭日的礼制，秋天祭月的礼制。早在《周礼》中已有“中秋”一词。可见历史之悠久，但此时它还没有形成一个节日。

每年农历八月十五是传统的中秋佳节。这天晚上的月亮比其他几个月的满月更圆、更亮，所以又叫作“月夕”“月节”“八月节”。

在中国农历里，一年分为四季，每季又分为孟、仲、季三个部分，因而中秋也称仲秋。此夜，人们仰望天空如玉如盘的朗朗明月，自然会期盼家人团聚。远在他乡的游子，也借此寄托自己对故乡和亲人的思念之情。所以，中秋节又称“团圆节”。

那么，中秋节的形成时间在何时呢？学术界主要有三种说法：一种观点认为中秋节形成于先秦，一种观点认为中秋节形成于唐代，一种观点认为中秋节形成于宋代。

中秋节的源头何在？说法有三：一说源于上古时期的月神崇拜，一说源于嫦娥崇拜，一说源于古人庆丰收祭拜土地神。这些说法都有一些道理。其实，我们认为，可以将它们统一起来，其中主要与月亮有关，与时间有关，与先民的祭祀崇拜有关。中国的传统节日的一个共同特点是，大多有一个从自然时间物候的自然属性到人文社会属性的人为转变和发展演变过程以及全民参与性特点。

中国传统哲学的基本特征是天人合一、物我感应。唐人的赏月爱好与中秋月色的美好便具有这种高度契合度。从科学角度认知，我们知道太阳是白天的光源，月亮本身没有光源，它的光源来自对太阳光源的反射。在每年的农历八月十五前后，北半球上空的暖湿空气逐渐向南退去，天空中的云雾也少了许多，太阳的倾斜度逐渐变大，地面得到的太阳热能逐渐减少，气温也渐渐变得凉爽，一天比一天低一些，空气也变得纯净透明。所以，我们常说秋高气爽，夜空如洗，月色皎洁，赏月效果特佳。

2006 年 5 月，中秋节被国务院列入首批国家级非物质文化遗产名录。

第二节 诗词里的中秋节

古代文人墨客对中秋节多有咏叹，让我们品读古人的诗词，穿越时空，游历明清、两宋、盛唐、两汉和先秦，领略中秋节的温情、浪漫与轻松、疏狂。

明月皎夜光

汉·佚名

明月皎夜光，促织鸣东壁。玉衡指孟冬，众星何历历。
白露沾野草，时节忽复易。秋蝉鸣树间，玄鸟逝安适。
昔我同门友，高举振六翮。不念携手好，弃我如遗迹。
南箕北有斗，牵牛不负轭。良无盘石固，虚名复何益？

诗歌借景抒情，把失魂落魄的感叹、愤激、伤痛和悲哀，始终交织在秋夜的星光、月色等之中，情景交融，寓情于景。诗中涉及一些自然物候和古代中国天文用语。

中秋月二首

唐·李峤

一

盈缺青冥外，东风万古吹。何人种丹桂，不长出轮枝。

二

圆魄上寒空，皆言四海同。安知千里外，不有雨兼风？

第一首诗主要写实写景，描绘了月中丹桂。第二首诗借咏月而寓哲理，指示深远。表明世上万物存在着千差万别，正如中秋夜，此处皓月当空，他处却可能风雨交加，颇有哲理。

望月怀远

唐·张九龄

海上生明月，天涯共此时。情人怨遥夜，竟夕起相思。
灭烛怜光满，披衣觉露滋。不堪盈手赠，还寝梦佳期。

此乃望月怀思抒情的中秋名篇。全诗语言自然浑成而不露痕迹，情意缠绵而不见感伤，意境幽静秀丽，构思巧妙，情景交融，细腻入微，感人至深。其中“海上生明月，天涯共此时”成为千古名句。

秋宵月下有怀

唐·孟浩然

秋空明月悬，光彩露沾湿。惊鹊栖未定，飞萤卷帘入。
庭槐寒影疏，邻杵夜声急。佳期旷何许，望望空伫立。

这首诗正是在这种情景相生、思与境谐的自然流出之中显示出一种淡中有味、含而不露的艺术美，描绘出一幅月下美景图：秋月高照、月光似水、鹊鸟惊飞、流萤入帘、庭槐影疏、砧声不断、佳人独立……

子夜吴歌·秋歌

唐·李白

长安一片月，万户捣衣声。秋风吹不尽，总是玉关情。
何日平胡虏，良人罢远征。

李白的《秋歌》写征夫之妻秋夜怀思远征边陲的良人，希望早日结束战争，丈夫免于离家去远征。虽未直写爱情，却字字渗透着真挚情意；虽没有高谈时局，却又不离时局。情调用意，都不脱离边塞诗的风韵。

月夜忆舍弟

唐·杜甫

戍鼓断人行，边秋一雁声。露从今夜白，月是故乡明。
有弟皆分散，无家问死生。寄书长不达，况乃未休兵。

全诗托物咏怀，层次井然，首尾照应，承转圆熟，结构严谨，语言精工，格调沉郁哀伤，真挚感人。“露从今夜白，月是故乡明”成为千古思乡念亲的佳句。

月夜

唐·杜甫

今夜鄜州月，闺中只独看。遥怜小儿女，未解忆长安。
香雾云鬟湿，清辉玉臂寒。何时倚虚幌，双照泪痕干。

全诗意旨婉切，章法紧密，明白如话，感情真挚，采用从对方设想写起的方式，妙在从对方那里生发出自己的感情。此诗构思新奇，层次分明，深情委婉，感人至深。

十五夜望月

唐·王建

中庭地白树栖鸦，冷露无声湿桂花。
今夜月明人尽望，不知秋思落谁家。

诗人运用形象的语言，丰美的想象，渲染了中秋望月特定的环境气氛，把读者带进一个月明人远、思深情长的意境。加上一个唱叹有神、悠然不尽的结尾，将别离思聚的情意表现得非常委婉动人。此诗以写景起，以抒情结，想象丰美，韵味无穷。

八月十五夜玩月

唐·刘禹锡

天将今夜月，一遍洗寰瀛。暑退九霄净，秋澄万景清。
星辰让光彩，风露发晶英。能变人间世，翛然是玉京。

诗题为玩月，诗人匠心独运，描绘的是在中秋欣赏到的夜月美景，同时写出了富于哲理性的内涵。自然与社会，物候与人事以及诗人的内在情怀皆在诗行里。

望洞庭

唐·刘禹锡

湖光秋月两相和，潭面无风镜未磨。
遥望洞庭山水翠，白银盘里一青螺。

诗中描写了秋夜月光下洞庭湖的优美景色。微波不兴，平静如镜，分外怡人。诗人飞驰想象，以清新的笔调，生动地描绘出洞庭湖水宁静、祥和的朦胧美，勾画出一幅美丽的洞庭山水图。表达了诗人对洞庭风光的喜爱和赞美之情，表现了诗人壮阔不凡的气度和高卓清奇的情致。

八月十五日夜湓亭望月

唐·白居易

昔年八月十五夜，曲江池畔杏园边。
今年八月十五夜，湓浦沙头水馆前。
西北望乡何处是，东南见月几回圆。
昨风一吹无人会，今夜清光似往年。

诗人说，以往八月十五日之夜，我在曲江池畔的杏园边赏月。今年八月十五的明月夜，我已被贬在荒僻的江州湓浦水边。向西北望去，哪里才是我的故乡？身在东南，月亮已经圆了几次了。昨晚的风吹了一夜也无人领会，今夜的月光还和去年一样清凉明亮。

明月三五夜

唐·元稹

待月西厢下，迎风户半开。拂墙花影动，疑是玉人来。

等到月亮西移到西厢房，当你看到我房间的门是半开着的时候，那院墙上花在摇动，我以为是你来了。

嫦娥

唐·李商隐

云母屏风烛影深，长河渐落晓星沉。
嫦娥应悔偷灵药，碧海青天夜夜心。

诗人说，屏风染上一层浓浓的烛影，银河逐渐斜落，启明星也已下沉。孤寂的嫦娥想必早已悔恨当初偷吃仙药，如今独处蟾宫而形影孤单。

中秋

唐·司空图

闲吟秋景外，万事觉悠悠。此夜若无月，一年虚过秋。

诗人说，闲暇之余，我漫步在秋天的夜色里低声吟唱，总觉得心里空空、万事悠悠。今天晚上如果没有圆月高挂，今年的中秋节就算是虚度了。

中秋月

宋·晏殊

十轮霜影转庭梧，此夕羁人独向隅。

未必素娥无怅恨，玉蟾清冷桂花孤。

月光下，梧桐树影随着时间流逝不知不觉地移动着，在这团圆之夜，我却茕茕独立。月宫中的嫦娥也未尝不感遗憾啊，陪伴她的毕竟只有那清冷的月宫和孤寂的桂树。

雨霖铃·寒蝉凄切

宋·柳永

寒蝉凄切，对长亭晚，骤雨初歇。都门帐饮无绪，方留恋处，兰舟催发。执手相看泪眼，竟无语凝噎。念去去，千里烟波，暮霭沉沉楚天阔。

多情自古伤离别，更那堪，冷落清秋节。今宵酒醒何处？杨柳岸，晓风残月。此去经年，应是良辰好景虚设。便纵有千种风情，更与何人说？

柳永的《雨霖铃》全词围绕“伤离别”而构思，先写离别之前，重在勾勒环境；次写离别时刻，重在描写情态；再写别后想象，重在刻画心理。不论勾勒环境，描写情态，想象未来，词人都注意了前后照应，虚实相生，做到层层深入，尽情描绘，情景交融，读起来如行云流水，起伏跌宕中不见痕迹。古往今来有离别相思之苦的人们在读到这首词时，都会产生强烈的共鸣。

水调歌头·明月几时有

宋·苏轼

丙辰中秋，欢饮达旦，大醉，作此篇，兼怀子由。

明月几时有？把酒问青天。不知天上宫阙，今夕是何年。我欲乘风归去，又恐琼楼玉宇，高处不胜寒。起舞弄清影，何似在人间？

转朱阁，低绮户，照无眠。不应有恨，何事长向别时圆？人有悲欢离合，月有阴晴圆缺，此事古难全。但愿人长久，千里共婵娟。

这首中秋望月怀人之作，表达了对胞弟苏辙的无限思念。从艺术成就上看，它构思奇拔，蹊径独辟，极富浪漫主义色彩，是历来公认的中秋词中的绝唱。从表现方面来说，词的前半纵写，后半横叙。上片高屋建瓴，下片峰回路转。它名为演绎物理，实则阐释人事。笔致错综回环，摇曳多姿。从布局方面来说，上片凌空而起，入处似虚；下片波澜层叠，返虚转实。最后虚实交错，纡徐作结。全词设景清丽雄阔，以咏月为中心表达了游仙“归去”与直舞“人间”、出世与入世的矛盾和困惑，以及旷达自适，人生长久乐观和美好的愿望，极富哲理与人情。立意高远，构思新颖，意境清新如画。最后以旷达情怀收束，是词人情怀的自然流露。情韵兼胜，境界壮美，具有很高的审美价值。

中秋月

宋・苏轼

暮云收尽溢清寒，银汉无声转玉盘。
此生此夜不长好，明月明年何处看。

夜幕降临，云气收尽，天地间充满了清寒。银河流泻无声，皎洁的月亮在天空中移动。人的一生中难得有像今夜这样的美景啊！明年的中秋，我又会到何处观赏月亮呢？此诗境界宏阔，意蕴悠长，颇显诗人个性与气度。

念奴娇・过洞庭

宋・张孝祥

洞庭青草，近中秋，更无一点风色。玉鉴琼田三万顷，着我扁舟一叶。素月分辉，明河共影，表里俱澄澈。悠然心会，妙处难与君说。

应念岭海经年，孤光自照，肝肺皆冰雪。短发萧骚襟袖冷，稳泛沧浪空阔。尽挹西江，细斟北斗，万象为宾客。扣舷独啸，不知今夕何夕！

张孝祥的词上承苏轼，下启辛弃疾，是南宋词坛豪放派的代表人物之一。这首词，上阕主要是写景，景中寓情；下阕着重抒情，意转激昂。通篇景中见情，笔势雄奇，境界空阔，表现出作者胸襟洒落、气宇轩昂，显示了作者的高尚品质。同时，诗人所创造的独特意境，体现了天人合一的理念也受到后人的重视。

太常引·建康中秋夜为吕叔潜赋

宋·辛弃疾

一轮秋影转金波，飞镜又重磨。把酒问姮娥：被白发、欺人奈何！

乘风好去，长空万里，直下看山河。斫去桂婆娑，人道是、清光更多。

该词通过古代的神话传说，化用典故，强烈地表达了自己反对妥协投降、立志收复中原失土的政治理想。词人想象丰富，把超现实的奇思妙想与现实中的思想矛盾结合起来，体现了浓厚的浪漫主义色彩。

中秋

明·王守仁

去年中秋阴复晴，今年中秋阴复阴。
百年好景不多遇，况乃白发相侵寻。
吾心自有光明月，千古团圆永无缺。
山河大地拥清辉，赏心何必中秋节。

去年中秋节先是阴云密布，但最终天晴见月，今年中秋却始终阴云满天，不见月儿。人的一生，本来中秋圆月的美景就看不到多少次，更何况头上的白发越来越多。不过我的心中自有一轮光明的圆月，千古长在，永不缺席。山河大地都沐浴在它的光辉之下，这等快乐，不必非要在中秋节才有哦。

舟次中秋

明·张煌言

淡荡秋光客路长，兰桡桂棹泛天香。
月明圆峤人千里，风急轻帆燕一行。
此夜衔杯惭庾亮，几年持斧笑吴刚。
观涛岂必钱塘去，碧海银潢自渺茫。

这首诗主要写中秋佳节，望月相思，“月”“桥”“燕”等一系列的意象，写出闺中思妇的相思之苦。淡淡的月光映照着不知多长的道路，小舟飘摇，划过弥漫清香的河水。明月照着圆峤，人却相隔千里，风儿拂着船帆，夜空中有燕飞过。这一夜，举杯便想起庾亮，感到惭愧，也想起持斧的吴刚，觉得好笑。看波涛潮水何必去钱塘呢？那夜空的银河自是浩瀚无边。诗人借月抒怀，别有感慨。

琵琶仙·中秋

清·纳兰性德

碧海年年，试问取冰轮为谁圆缺？吹到一片秋香，清辉了如雪。愁中看好天良夜，知道尽成悲咽。只影而今，那堪重对，旧时明月。

花径里戏捉迷藏，曾惹下萧萧井梧叶。记否轻纨小扇，又几番凉热。只落得，填膺百感，总茫茫不关离别。一任紫玉无情，夜寒吹裂。

词作书写在中秋月下对于昔时情爱的思忆。此词可能作于康熙十六年（1677）中秋。这年春天，纳兰妻卢氏病故，词人悲痛不已。词的上片写现实的中秋时节，充满了悲凉。下片望月感慨，忆及往事，感慨唏嘘。词人说，碧海青天，年年如此，而天上的月亮却为何时圆时缺呢。今夜金风送爽，空气中弥漫着淡淡花香。月亮光就像白雪一般晶莹透彻。谁知道，这好天良夜却让人忧愁，让人悲咽。孤身只影，如何面对旧时明月？那时节，也是这么个中秋夜，你和我，在花径里捉迷藏，曾经将梧桐的霜叶惊落。手握轻巧的小纨扇，至今又经历几番凉热。一时间，不由得百感丛生，但这又仿佛与相思离别无关。面对这旧时明月，只好让玉箫声将夜晚的寒意吹裂。

第三节　今天，我们怎样过中秋节?

我们认为，节日在本质上来自对生命的沉思和对亲情的眷恋。为什么在节庆的日子里，我们特别想念家乡、思念亲人？为什么急切地想“回家看看”？所谓“每逢佳节倍思亲”，“海上生明月，天涯共此时”。为的是能够通过亲情的交流领悟生命诞生的恩赐、体会万象更新的意义、感知亲情的温馨与天伦的美好。所以，传统节日是普天之下普遍共享的生命感恩。

学会感恩、报恩与热爱生命，这是人类所有节日的一个共同点，也是节日最深刻的人类学意义：正如一个连自己都不爱的人不可能去真爱别人，一个缺少亲情体验者无法拥有真正人性的同情。

中秋是中华民族的传统大节，中秋节的核心文化内涵是温馨的团圆。中国节日时间大都与月亮的运动有关，节期以月的弦、望、晦、朔为基准。月半时节的满月，常给人以圆润丰满、纯洁温馨的美感，中秋之月是一年中最迷人的月亮。农历八月十五，秋高气爽，丹桂飘香，玉露生凉，“一年月色最明夜，千里人心共赏时”（宋·林光朝）。天上明月，人间情怀，人们围绕着中秋明月这一特殊天象形成了中国人特有的月亮节、团圆节。祭月、拜月、赏月、玩月、走月、跳月，中国人的心态情感在如水的月光之下，表现得生动而自然。拜月、赏月、团圆庆贺是传统中秋节俗的核心，从当代社会生活看，它依然有着符合民众生活需要的现实意义。

中秋赏月是自古至今普遍流行的节俗。“月到中秋分外明”，“海上生明月，天涯共此时。”中秋时节，秋高气爽，月光如水，人们沐浴在洁净的月光中，获得身心的愉悦。中秋赏月是人与自然对话、沟通的良机，也是实现人际关系协调的有效途径。赏月节俗在今天尤有现实意义。传统的赏月集中在亲人与朋友之间，明月印证着家庭的亲情与朋友的友情。在社会工作联系日益紧密、人心却日渐疏远的今天，中秋赏月应该成为凝聚社区民众的良好机缘。

“八月十五月正圆，中秋月饼香又甜”。月饼与时令瓜果是中秋节令食品，是秋收的果实，也是民间享受节日亲情的又一重要物象。每逢中秋，人们以家庭团聚的形式，分享这些象征劳动成果的美食。明清以来，民间社会中秋节馈送月饼习俗流行，人们在相互馈送月饼等节物的过程中，融洽了亲友、邻里等家族关系与社会关系。当代社会，传统中秋节俗中保存最完整的是馈送月饼的节俗，月饼成为中秋节的象征，有的地方将中秋节称为“月饼节”。

团圆庆贺是中秋节俗的主旨。天上圆月，人间团圆，圆满是人们希冀的生活目标，团圆是中国人特别追求的一种人伦境界。春节、元宵等节日都有不少节物表达着团圆的意象。中秋在岁时节日中尤重团圆，古代就称它为“团圆节”。

中国在实现中国式现代化的过程中，如何使传统节日与现代社会有机衔接？我们认为可以在以下几个方面进行努力。一是确认中秋节作为秋季大节的社会地位，将中秋节定为秋季长假期。专家认为，中秋，历史悠久，文化积淀深厚，节俗内容丰富，贴近人民生活的本性，体现人与自然协调的理念，是全球华人共享的传统大节，是创造与传承民族精神的重要载体，它通过周期复现的形式，强化着中华民族的文化认同意识。同时中秋还是东亚、东南亚多数国家共享的节日，具有重要的国际影响。因此，将中秋作为秋季大节，与国庆节等节日勾连，并给社会假日，让人民有时间、有闲暇来品尝秋天丰收的成果，这对于社会的良性运行、经济活动的开展，都有着现实的积极意义。二是传承中秋传统节日习俗，丰富传统节俗活动，增添适应时代发展的新节俗内涵。比如在城市，可开展社区赏月茶会，给社区居民群众创造交流的机会和气氛，以融洽社区邻里关系。可举办中秋赏月游园活动与大型灯会、诗会、露天歌舞晚会等，以丰富中秋活动内容，增强节日的娱乐性、趣味性和参与性。在农村，可以举办丰收节，表达民众欢庆丰收的喜悦。2018 年 6 月 21 日，国务院关于同意设立“中国农民丰收节”的批复发布，自 2018 年起，将每年农历秋分设立为“中国农民丰收节”，这是一件别有意义的好事。建议可以将丰收节与中秋节勾连举办。三是追求和谐、期盼团圆是中国人永恒的精神需求，这是中秋节延续千年的根本动因，也是中秋节在当代社会的价值所在。中秋节俗包含着丰富的中国传统文化元素。有温馨的人性关怀、深厚的文化内涵以及人与家庭、人与社会、人与自然、人与自身和谐的以和为贵的传统文化精神。我们可以将中秋节作为调整家庭关系、社会关系的活动日，鼓励人们团聚庆贺，以此缓解现代社会生活带给人们的压力。家庭是社会组织的细胞，它是社会稳定的重要基础，是社会凝聚力的重要来源。中秋是亲人团聚的节日，亲人的团聚有利于培养人们的家庭意识，家庭意识往往与义务感、责任感有着密切联系。传统中秋节俗十分重视亲情的培育与表达，我们完全可以利用这一传统节俗的优势，顺应民众的诉求，实现社会人事的和谐，以提高人们的生活质量，促进社会和谐发展。

文化凝聚功能是中秋节最核心的文化功能，在当代社会中，中秋节特有的、标志性的“圆月”和“月饼”作为团圆的象征已深入人心，中秋节也已经成为建构民族文化认同的重要节日。需求是人类的主要意志，也是社会发展变化的原始动力。中秋节俗所体现的中国传统的和谐理念，在未来社会依然具有满足民众心理需求与精神追求的意义，在强化家庭和睦、增加社会认同感、加强民族凝聚力等方面有着不可替代的作用。进一步挖掘中秋节日习俗的传统文化意涵，激活隐藏在各种仪式中的人文关怀与生态智慧，传承和谐发展理念，使之成为人们永恒的精神追求，对于凝聚人心、推进社会和谐发展将大有裨益。

总之，中秋节日在现代社会生活中依然发挥着服务与调节功能，这种功能是我们通常所谓的长假不能替代的。因为它在中国民众生活中流传了千百年，跟每一个中国人都有着密切的精神联系。我们应该充分重视传统节日中所传递的传统精神，将它视作当今民族文化建设的精神资源，以建构更加适合民族性格、更贴近民众心理的民族新文化。同时在有选择地继承传统的基础上，积极创造适应现代社会生活需要的节日新传统，以实现传统节日与当代生活之间的协调，达到社会均衡发展的理性状态。

第九章　重阳节

第一节　起源与演变

重阳节，因在农历九月初九，二九相重，故为“重九”。古人认为“九”为阳数，九月九日，故曰“重阳”。民间在该日有登高的风俗，所以重阳节又称“登高节”。还有重九节、茱萸节、菊花节、女儿节等说法。又因在古汉语的数字中，“九”为大，“九九”与“久久”同音，具有长长久久的吉祥之意，所以，重阳节也称老人节。从20世纪80年代起，中国一些地方政府把农历九月初九定为老人节，倡导全社会树立尊老、敬老、爱老、助老的风气。1989年，中国政府将农历九月初九定为“老人节”“敬老节”。2012年12月28日，我国将每年农历九月初九定为老年节。

关于重阳节的起源，有多种说法。

其一，重阳节的源头，可追溯到先秦之前。《吕氏春秋》之中《季秋纪》载：“（九月）命家宰，农事备收，举五种之要。藏帝籍之收于神仓，祗敬必饬。”“是日也，大飨帝，尝牺牲，告备于天子。”可见当时已有在秋九月农作物丰收之时祭飨天帝、祭祖，以谢天帝、祖先恩德的活动。汉代托名刘歆著的《西京杂记》中记西汉时的宫人贾佩兰称：“九月九日，佩茱萸，食蓬饵，饮菊花酒，云令人长寿。”相传自此时起，有了重阳节求寿之俗。这是受古代巫师（后为道士）追求长生、采集药物服用的影响。同时还有大型饮宴活动，是由先秦时庆丰收之宴饮发展而来的。南北朝梁宗懔在《荆楚岁时记》云：“九月九日，四民并籍野饮宴。”求长寿及饮宴，构成了重阳节的基础。三国时，魏文帝曹丕《九日与钟繇书》说：“岁往月来，忽复九月九日。九为阳数，而日月并应，俗嘉其名，以为宜于长久，故以享宴高会。”可见当时节俗已定型了，并成为历代文人墨客吟咏最多的几个传统节日之一。晋代文人陶渊明在《九日闲居》诗序文中说：“余闲居，爱重九之名。秋菊盈园，而持醪靡由，空服九华，寄怀于言。”这里同时提到菊花和酒。大概在魏晋时期，重阳日已有了饮酒、赏菊的做法。有关重阳节外出避灾的传说，最早见于梁朝吴均的《续齐谐记》：

汝南桓景随费长房游学累年，长房谓曰：“九月九日，汝家中当有灾。宜急去，令家人各作绛囊，盛茱萸，以系臂，登高饮菊花酒，此祸可除。”景如言，齐家登山。夕还，见鸡犬牛羊一时暴死。长房闻之曰：“此可代也。”今世人九日登高饮酒，妇人带茱萸囊，盖始于此。

到了唐代重阳被正式定为民间的节日。此后历朝历代沿袭至今，宫廷、民间往往一起庆祝，并在节日期间进行各种各样的活动。到了明代，九月重阳，皇宫上下还要一起吃花糕庆祝，皇帝要亲自到万岁山登高，以畅秋志。

其二，重阳节的原型之一是古代的祭祀大火的送行仪式。大火星一词最常见的出处为《国风·豳风·七月》：“七月流火，九月授衣。”此处的“火”即指大火星。相传自颛顼帝时，开始派人专门观测此星，并发现了运用大火星相对于地球方位关系来确定季节的规律。作为古代季节星宿标志的“大火星”在季秋九月隐退，《夏小正》称“九月内火”，大火星的退隐，不仅使一向以大火星为季节生产与季节生活标识的古人失去了时间的坐标，同时使将大火星奉若神明的古人产生莫名的恐惧，火神的休眠意味着漫漫寒冬的到来。因此，在“内火”时节，一如其出现时要有迎火仪式那样，人们要举行相应的送行祭仪。古代的祭仪情形虽渺茫难晓，但我们还是可以从后世的重阳节仪式中寻找到一些古俗遗痕。如江南部分地区有重阳祭灶的习俗，灶神是家居的火神。由此可见，古代九月祭祀“大火”的蛛丝马迹。古人将重阳与上巳或寒食、九月九与三月三作为对应的春秋大节。汉刘歆《西京杂记》称：“三月上巳，九月重阳，使女游戏，就此祓禊登高。”上巳、寒食与重阳的对应，是以“大火星”出没为依据的。随着人们谋生技术的进步，人们对时间有了新的认识，“火历”让位于一般历法。九月祭火的仪式衰亡，但人们对九月因阳气的衰减而引起的自然物候变化仍然有着特殊的感受，因此登高避忌的古俗依旧传承，虽然世人已有了新的解释。重阳在古代民众生活中成为夏冬交接的时间界标。如果说上巳、寒食是人们度过漫长冬季后出室畅游的春游，那么重阳大约是在秋寒新至、人们即将隐居时的具有仪式意义的秋游。所以，民俗上有上巳"踏青"、重阳"辞青"的说法。

其三，干宝《搜神记》云：淮南全椒县有一丁氏女，嫁给同县姓谢家。谢家是大富户，她婆婆却凶恶残暴，虐待丁氏，强迫她干繁重的家务，并经常痛骂和毒打她。丁氏最终不堪忍受，在重阳节那天悬梁自尽。死后冤魂不散，依附在巫祝身上说："做人家媳妇每天辛苦劳动不得休息，重阳节请婆家不要让她们再操劳。"所以，江南人每逢重阳日，都让妇女休息，叫做"休息日"。人们为这位丁氏妇人立祠祭祀，称为"丁姑祠"。以后，每逢重阳节，父母们都要把嫁出去的女儿接回家吃花糕；到明代，甚至将重阳节称为"女儿节"。

我们认为，重阳节是一个杂糅多种民俗为一体而形成的以汉族为主的传统节日。重阳节的活动一般包括出游赏景、登高远眺、观赏菊花、遍插茱萸、女儿归宁、敬老祭祖等活动习俗以及吃重阳糕、饮菊花酒等饮食习俗。因此，重阳节有一个从"避灾趋吉"外出登高到祭祀感恩再到尊老敬老健康保健的流变过程，有一个从时间节令到人文关怀的演变过程。

2006 年 5 月，重阳节被国务院列入首批国家级非物质文化遗产名录。

第二节　诗词里的重阳节

历代诗人对重阳节多有吟咏，留下了不少名篇佳作。让我们踏着时光的节拍，欣赏文人墨客笔下的重阳雅趣。

于长安还扬州九月九日行薇山亭赋韵

南朝陈・江总

心逐南云逝，形随北雁来。故乡篱下菊，今日几花开？

该诗主要通过"南云""北雁""菊花"等物象，寄托自己对家乡的思恋，通过单独询问故乡篱笆下的菊花，抒发了诗人思乡欲归的急迫心情。全诗借景抒情，感情比较含蓄。

蜀中九日

唐・王勃

九月九日望乡台，他席他乡送客杯。
人情已厌南中苦，鸿雁那从北地来。

重阳节登高眺望故乡，异乡的别宴上喝着送客的酒，心上涌起无限烦愁。心中已经厌倦了南方客居的愁苦生活却无法归去，鸿雁又为何还要从北方飞来？这首诗的抒情手法亦变化多端，语言简洁亦是这首诗较大的特色，运用了近似日常的口语，显得浅近亲切。

过故人庄

唐・孟浩然

故人具鸡黍，邀我至田家。绿树村边合，青山郭外斜。
开轩面场圃，把酒话桑麻。待到重阳日，还来就菊花。

这是一首田园诗，描写农家恬静闲适的生活情景，也写老朋友的情谊。通过田园生活风光描写，写出作者对这种生活的向往。语言朴实无华，意境清新隽永。作者以亲切干净的语言，如话家常的形式，写了从往访到告别的过程。其写田园景物清新恬静，写朋友情谊真挚深厚，写田家生活简朴亲切。

九日登高

唐・王昌龄

青山远近带皇州，霁景重阳上北楼。
雨歇亭皋仙菊润，霜飞天苑御梨秋。
茱萸插鬓花宜寿，翡翠横钗舞作愁。
漫说陶潜篱下醉，何曾得见此风流。

《九日登高》是王昌龄的一首描写唐代重阳节登高习俗的诗歌，展现了一幅盛唐时期重阳节人们盛装出游，登高远眺的繁荣景象，记录了唐朝重阳节的风土人情以及习俗。作者从远及近，由外而内，写雨后初晴，远处青山清明秀丽，绕城河水如玉带般宛转曲折，菊花盛开，金梨缀树，霜叶红遍，人们纷纷登高远眺，思亲祝福，一幅繁华绮丽的盛世图在人们眼前逐渐展现开来。最后诗人说出了自己内心感受，哪怕是陶渊明的田园风光恐怕也比不上盛唐国泰民安的安逸闲适吧。

九月九日忆山东兄弟

唐·王维

独在异乡为异客，每逢佳节倍思亲。
遥知兄弟登高处，遍插茱萸少一人。

王维是一位早熟的作家，少年时期就创作了不少优秀的诗篇。这首诗就是他十七岁时的作品。和他后来那些富于画意、构图设色非常讲究的山水诗不同，这首抒情小诗写得非常朴素自然、亲切。诗意反复跳跃，含蓄深沉，既朴素自然，又曲折有致。其中“独在异乡为异客，每逢佳节倍思亲”更是千古名句。

九日龙山饮

唐·李白

九日龙山饮，黄花笑逐臣。醉看风落帽，舞爱月留人。

李白在这里以孟嘉自比，临风醉酒落帽，对月起舞弄影，自有一分超凡的情味。但“逐臣”一语，也透出了他胸中的落拓不平，这就使本诗不仅仅是一篇吟赏前辈风流的作品，同时也有其现实遭际的感慨所在。

九日

唐·杨衡

黄菊紫菊傍篱落，摘菊泛酒爱芳新。
不堪今日望乡意，强插茱萸随众人。

诗人说，重阳节到了，篱墙处各色菊花盛开，人们采菊花、饮美酒。我身在异乡，忍受着思念故乡的痛苦，也学着跟大家一样在门口插上茱萸。

登高

唐・杜甫

风急天高猿啸哀，渚清沙白鸟飞回。
无边落木萧萧下，不尽长江滚滚来。
万里悲秋常作客，百年多病独登台。
艰难苦恨繁霜鬓，潦倒新停浊酒杯。

此诗为杜甫于唐代宗大历二年（767）在夔州重九登高时作。语言精练，通篇对仗，充分显示了杜甫晚年对诗歌语言声律的把握运用已达圆通之境，该诗被人誉为七律之冠。其诗给人一种萧瑟荒凉之感，情景交融之中，融情于景，将个人身世之悲、抑郁不得志之苦融于悲凉的秋景之中，极尽沉郁顿挫之能事，使人读来，感伤之情喷涌而出，如火山爆发而一发不可收。

行军九日思长安故园

唐・岑参

强欲登高去，无人送酒来。遥怜故园菊，应傍战场开。

这首五绝语言朴实无华，但是寓巧于朴，寓意深长，耐人咀嚼，表现的不是一般的节日思乡，而是对国事的忧虑和对战乱中人民疾苦的关切。表面看来写得平直朴素，实际构思精巧，情韵无限，是一首言简意深、耐人寻味的抒情佳作。

九日醉吟

唐・白居易

有恨头还白，无情菊自黄。一为州司马，三见岁重阳。
剑匣尘埃满，笼禽日月长。身从渔父笑，门任雀罗张。
问疾因留客，听吟偶置觞。叹时论倚伏，怀旧数存亡。
奈老应无计，治愁或有方。无过学王绩，唯以醉为乡。

这是诗人贬谪江州司马的重阳之作。诗人借重阳节抒怀，感叹人生与时光虚度，借酒浇愁，有无奈归隐之意。

重阳席上赋白菊

唐·白居易

满园花菊郁金黄，中有孤丛色似霜。
还似今朝歌酒席，白头翁入少年场。

院子的菊花一片金黄，中间有一丛白花显得那么孤独。就像今天的酒席歌舞上，有一个白头老翁步入了少年去的地方。诗人由花联想到人，联想到歌酒席上的情景，比喻自然贴切，看似信手拈来，其实是由于诗人随时留心观察生活，故能迅速从生活中选取材料，作出具体而生动的比喻，出人意料又在情理之中。

菊花

唐·元稹

秋丛绕舍似陶家，遍绕篱边日渐斜。
不是花中偏爱菊，此花开尽更无花。

诗人说，丛丛秋菊环绕着房屋盛开，我好似到了陶渊明的家一样。绕着篱笆观赏菊花，不知不觉太阳已经快落山了。不是因为偏爱菊花，只是因为菊花开过之后再无花可赏了。

重阳日寄韦舍人

唐·赵嘏

节过重阳菊委尘，江边病起杖扶身。
不知此日龙山会，谁是风流落帽人。

此诗融节日风景与身世感慨于一体。用典自然，风流依然。诗歌写到在重阳节菊花盛开而飘零，自己带着病体拄杖登高，不知道今年重阳龙山聚会，哪一个才是最潇洒风流的呢。

九日齐山登高

唐·杜牧

江涵秋影雁初飞，与客携壶上翠微。
尘世难逢开口笑，菊花须插满头归。
但将酩酊酬佳节，不用登临恨落晖。
古往今来只如此，牛山何必独沾衣。

江水倒映着秋天大雁开始南飞的影子，约上朋友，携着酒壶，登山揽翠。尘世的烦扰，让人平生难得开心一笑，菊花盛开时，插满头而归。只管纵情痛饮美酒，欢度重阳佳节，不必登临叹恨落日余晖。人生短暂，古往今来终归如此，何必像齐景公那样对着故国流泪呢。

九日置酒

宋·宋祁

秋晚佳晨重物华，高台复帐驻鸣笳。
遨欢任落风前帽，促饮争吹酒上花。
溪态澄明初雨毕，日痕清淡不成霞。
白头太守真愚甚，满插茱萸望辟邪。

诗歌充满情趣。诗人说，我特别重视这晚秋九月九日早晨的美好时光，叫人在高台上张起帷幕，让乐队奏响动听的音乐。寻求欢畅，任随帽子在风中掉落。彼此劝酒，品赏杯里的菊花。雨后的溪水澄净空明，初晴的日光影淡成霞。我这白头太守真是有些痴愚，指望避邪把茱萸插满了鬓发。

阮郎归·天边金掌露成霜

宋·晏几道

天边金掌露成霜，云随雁字长。绿杯红袖趁重阳，人情似故乡。
兰佩紫，菊簪黄，殷勤理旧狂。欲将沉醉换悲凉，清歌莫断肠。

天边的云彩有如仙人金掌托盘承接玉露，玉露凝成了白霜。浮云随着大雁南翔，排成一字长队。举绿杯，舞红袖，趁着九九重阳，人情温厚似故乡。身佩紫兰，头插菊花，一遍又一遍重温旧日的癫狂。想借一番沉醉忘掉失意悲凉，清歌一曲，唱断人肝肠。此词写景洗练，写情起伏跌宕，表达凄凉的人生感怀。

定风波·重阳

宋·苏轼

与客携壶上翠微，江涵秋影雁初飞。尘世难逢开口笑，年少，菊花须插满头归。

酩酊但酬佳节了，云峤，登临不用怨斜晖。古往今来谁不老，多少，牛山何必更沾衣。

重阳节与客人携酒登山，江面倒映着秋天景物的影子，大雁刚刚从这里飞过。人活在世上，难得有一次开心欢笑，趁年轻时头上插满菊花玩个痛快才回去吧。以大醉来酬谢重阳节日的美景，登上高耸入云的高山，用不着去担心太阳快落山了。古往今来，有谁不老？没有必要像齐景公登牛山触景生情而哭泣啊。

醉花阴·薄雾浓云愁永昼

宋·李清照

薄雾浓云愁永昼，瑞脑消金兽。佳节又重阳，玉枕纱厨，半夜凉初透。

东篱把酒黄昏后，有暗香盈袖。莫道不销魂，帘卷西风，人比黄花瘦。

这首词通过描绘作者重阳节把酒赏菊的情景，烘托了一种凄凉寂寥的氛围，表达了作者思念丈夫的孤独与寂寞的心情。全词明白如话，没有晦涩难懂之处，表达的感情却十分深沉细腻。畅达与深沉相结合，这正是李清照词风的一个重要特点。“莫道不销魂，帘卷西风，人比黄花瘦”成为描写相思憔悴的千古名句。

重阳

宋·文天祥

万里飘零两鬓蓬，故乡秋色老梧桐。
雁栖新月江湖满，燕别斜阳巷陌空。
落叶何心定流水，黄花无主更西风。
乾坤遗恨知多少，前日龙山如梦中。

这首诗是一首末路英雄的人生挽歌。千年以降，读之令人犹然不禁扼腕叹息，潸然泪下。全诗没有一点过节的喜悦和快乐，也没有年轻有为、蒸蒸日上的朝气，更没有官场得意、登高望远的企盼；也许能看到一丝西风烈马、叱咤风云的影子，但那也只是过去式。更多的是沉重、追忆与反省，尽管如此，全诗却不曾给人一点消沉和沮丧，相反，它让人痛定思痛、发奋图强。文天祥这首《重阳》，远不只是书写重阳节这么简单，更多的是隐含诗人的心愿：盼望重见天日、重获阳光，甚至希望能起死回生、东山再起！

折桂令·九日

元·张可久

对青山强整乌纱，归雁横秋，倦客思家。翠袖殷勤，金杯错落，玉手琵琶。人老去西风白发，蝶愁来明日黄花。回首天涯，一抹斜阳，数点寒鸦。

这首小令既写重阳的美好，更写游子的愁肠。综观全曲，一个“思”字贯穿全篇。诗人由眼前实景写起，触景生情，忆往昔欢乐事，更添此刻思乡之愁。最后，以景结情，回顾漫漫天涯路，抒迟暮思归之情。语言清丽，对仗工整，特别是巧妙地引前人诗词入曲，清雅自然，具有典雅蕴藉之美，堪称元散曲中的精品。

九日

明·文森

三载重阳菊，开时不在家。何期今日酒，忽对故园花。

野旷云连树，天寒雁聚沙。登临无限意，何处望京华。

每逢佳节倍思亲。诗人长期在外漂泊，重阳佳节，远望当归，其情其景，可想而知。诗人说，多年过去了，庭院里的菊花依旧在重阳盛开，可惜我此时身在异乡为异客，只能遥对故乡的菊花独自饮酒。极目远眺，远处的云树苍茫，天气转冷，大雁结队南迁。重阳之时独自登高，放眼望去，哪里才是思念的故乡？

客中九日

明·王灿

细雨成阴近夕阳，湖边飞阁照寒塘。
黄花应笑关山客，每岁登高在异乡。

重九登高，自古而然。诗歌先是以细腻的描写点出了重阳节的景象：细雨、阴云、夕阳、湖泊、楼阁、寒塘等，境界迷茫却不孤寂；接着写在异乡登高，满目黄花，让人生出淡淡乡愁。

清平乐·将愁不去

清·纳兰性德

将愁不去，秋色行难住。六曲屏山深院宇，日日风风雨雨。
雨晴篱菊初香，人言此日重阳。回首凉云暮叶，黄昏无限思量。

秋意渐浓，心内的惆怅挥之不去，只好成天将自己关在深宅大院里。这些日子，风雨交加，我的心情也阴晴不定。雨过天晴，篱墙边的菊花缕缕飘香。据说今天就是重阳节，回首那凋残的秋云秋叶，黄昏时分，我更加百感交集。

采桑子·九日

清·纳兰性德

深秋绝塞谁相忆，木叶萧萧。乡路迢迢，六曲屏山和梦遥。
佳时倍惜风光别，不为登高。只觉魂销，南雁归时更寂寥。

深秋时分，在这遥远的边塞，有谁还记得我呢？树叶被风吹得沙沙作响。乡路迢迢，家像梦一样遥不可及。重阳佳节，故园风光正好，离愁倍增，不愿登高远望，只觉心中悲伤难受，在这大雁南归之际，更加冷落凄凉。词的上片由景起，写绝塞秋深，一片肃杀萧索景象，渲染了凄清冷寂的氛围。下片点明佳节思亲之意，结句又承之以景，借雁南归而烘托、反衬出此刻的寂寥苦况。

第三节　今天，我们怎样过重阳节？

重阳节历史悠久、影响广泛，经过千年的传承演变，形成了丰富的节俗传统。在中国传统文化中，“九”是一个极为重要的数字。“九”在古数中既为“阳数”，又为“极数”，指天之高为“九重”，指地之极为“九泉”，九是信仰中最崇拜的神秘数字。同时，九又与“久”同音，寓意健康长久。而且秋季是收获的黄金季节。自古以来，人们就对重阳节怀有特殊的感情。

重阳节在全国各地有“晒秋节”“老人节”“菊花节”“茱萸节”“登高节”“女儿节”等称谓，这些名字呈现出重阳节习俗在不同民族或地域的价值旨归。虽然各民族和各地的重阳节风俗存在差异，但是它们都包括文化空间、节俗物品、节日仪式以及民俗心理等四方面的节日要素。这些节日要素相互关联、相互补充，共同构成了当下重阳节的节俗体系。在节俗的发展过程中，重阳节融合了多种神秘观念及民俗因素，逐渐确定了其主题，那就是求长寿、戴茱萸、酿菊酒、赏菊花、有登高野宴活动及各种游戏等。

重阳节由庆丰收、避邪气、登高地、赏菊花转向健康长寿再转向尊老敬老，社会时代变化赋予节日以新的内容。但我们不能将重阳节的节俗内容简单化，仅仅认为它是一个老年人的节日。其实，节日演变的背后是社会时代与生活方式、思想观念的变化。现代社会，生活节奏加快，生活压力增大，人口结构改变，重阳节的设置，尤其是新的节日内容的增加，既可以使人获得适当的放松，有利于身心健康，又因为我国已迈入老龄化社会，一系列新问题的涌现，老年人群体亟须社会关注关爱。敬老孝亲、助老爱老社会风气的形成，有利于社会和谐稳定。因此，我们今天过重阳节可以在敬老助老这个主题上做出大胆的探索。在农村，可以与乡村振兴尤其是乡村文化振兴结合起来。我们知道，中国传统社会是一个基于农业文明的天人合一、天人感应的熟人社会。邻里互助、相互守望、孝亲尊老等观念深入人心而且流行了数千年，在老龄化社会的今天，在城乡二元结构依然存在的社会现实状况下，这些传统观念值得重视并发扬光大。随着国家层面的养老与医疗条件的建立健全及改善，无论是城市的社区，还是乡下的农村，人们的孝亲敬老的观念和行为也在发生变化，从过去以物质赡养为主逐渐转向未来以精神赡养为主，从过去的几代同堂生活相互照应转向现在自得其乐的独自料理，由过去的直接的面对面的现实陪伴转向间接的非现实的精神陪伴。因此，怎样让天下的老人生活安稳、精神愉悦、内心充实等，是摆在各级政府部门和我们每一个人、每一个家庭面前的重要课题。

九九重阳，孝亲敬老。老人是家庭的根，是远行时村口默默凝望的眼神，是夜归时窗口永远亮着的灯火。老人是国家的财富、社会的宝藏，是经验的沉淀、智慧的结晶，是促进和谐稳定、推动高质量发展的重要力量。莫道桑榆晚，为霞尚满天。在这个寓意长长久久的节日到来之际，让我们重温中华民族尊老敬老、爱老助老的传统美德，感悟先民孝亲敬老的情怀，祝福天下老年人健康长寿。

第十章　冬至节

第一节　起源与演变

由节日形成节日文化，有一个漫长的过程，它是一个国家或一个民族在漫长的历史进程中形成和发展而来的具有民族特色的历史文化，也是一种民族风俗、民族习惯乃至民族思维、民族情感的历史沉淀和独特呈现，有着深刻丰富的文化寓意。或为了纪念某一重要历史人物，或纪念某一重要历史事件，或是庆祝某一时节的到来，或纪念重大活动等等，如中国的春节、元宵节、清明节、端阳节、七夕节、中秋节、国庆节、重阳节、教师节、妇女节、劳动节、儿童节、建军节等。既有民间庆祝活动，也有官方庆祝活动。既有本国庆祝活动，也有国际庆祝活动。

我们知道，一个节日的形成，一般具有三大基本要件，即固定的名称、固定的时间和相对稳定的习俗或节日内容。一般来说，我国传统的节俗文化可以分为天文和人文两大类。天文类节日主要顺应时间节律而定，人文类节日多为纪念重大事件和重要人物而设。冬至作为二十四节气之一，在中国人尤其是古代先人心中具有十分重要的地位，久而久之便成为节日。

冬至太阳位于黄经 270 度，12 月 21—23 日交节，一般在 12 月 22 日。它是二十四节气中的第二十二个节气，与夏至相对。冬至这天，太阳直射地面的位置到达一年的最南端，几乎直射南回归线。这一天北半球得到的阳光最少，北半球的白昼达到最短，且越往北白昼越短，我国大部尤其是北方进入冬天最冷的时段。古人云，阴极之至，阳气始生，日南至，日短之至，日影长之至，故曰“冬至”。冬至后便开始数九，故有“数九寒冬”之说，每九天为一个“九”。到“三九”前后，地面积蓄的热量最少，天气也最冷，所以有“冷在三九”之说。民间流行的《九九歌》云：

一九二九，怀中插手；三九四九，冰上行走；
五九六九，沿河看柳；七九河开，八九雁来；
九九加一九，耕牛遍地走。

冬至三候：一候蚯蚓结；二候麋角解；三候水泉动。意思是，蚯蚓作为一种阴曲阳伸的生物，此时阳气虽已生长，但阴气仍然十分强盛，泥土中的蚯蚓仍然蜷缩着身体不动；麋与鹿同科，却阴阳不同，古人认为麋的角朝后生，所以为阴，而冬至一阳生，麋感阴气渐退而解角；由于阳气初生，所以此时山中的泉水可以流动并且微微温热。因此，冬至是养生的大好时机，主要是因为“气始于冬至”。因为从冬季开始，生命活动开始由盛转衰，由动转静。此时科学养生有助于保证旺盛的精力而预防早衰，达到延年益寿的目的。

冬至节北方有吃饺子的风俗。俗话说：“冬至到，吃水饺。”而南方则有吃汤圆或喝羊杂汤的习俗。有谚语云：“一碗羊杂汤，身心暖洋洋。”

在我国，冬至作为一个节日，据考证至今已有2500年以上的历史。据记载，周代以冬十一月为正月，以冬至为岁首过新年，类似今天公历的元旦。《汉书》有云：“冬至阳气起，君道长，故贺……”也就是说，人们最初过冬至节是为了庆祝新的一年的到来。古人认为自冬至起，天地阳气开始兴作渐强，代表下一个循环开始，是大吉之日，值得庆贺。因此，后来祭祀祖先、家庭团圆聚餐等习俗，也往往在冬至这天举行。故有冬至如小年之说。

冬至作为节日，起源时间已不可考，一般认为，先秦已有过冬至的习俗。作为节日始于秦汉，盛于唐宋，流俗明清，相沿至今。在汉代，以冬至为冬节，官府要举行祝贺仪式，称为贺冬。政府例行放假，官场流行互贺的拜冬礼俗。据《后汉书》中记载：“冬至前后，君子安身静体，百官绝事，不听政，择吉辰而后省事。”所以，这天朝廷上下要放假休息，军队待命，边塞闭关，商旅停业，亲朋各以美食礼物相赠，相互拜访问候，欢乐过节。魏晋六朝时，冬至称为亚岁，在民间，晚辈要向父母长辈拜节；唐宋以后，冬至逐渐成为祭祀祖先和神灵的节庆活动。唐宋时期，冬至也是祭天祀祖的日子，皇帝在这天要到郊外举行隆重的祭天大典，老百姓在这一天要向父母、尊长请安，祭拜祖先。明清两代，皇宫均有祭天大典，谓之冬至祭天，北京的天坛就是皇帝祭天的地方，其规制和程序严格而繁复。百官则要向皇帝拜递贺表以及同僚间相互祝贺，甚为隆重。

冬至的别称很多，它又被称作一阳生、阳生、一阳节、回阳节、长至、南至、冬节、天正、正冬、书云、履长、压岁、小至、严节、贺冬、养夜、景旦等。

2006 年 5 月，农历二十四节气被国务院列入首批国家级非物质文化遗产名录。2016 年 11 月，中国的二十四节气被联合国教科文组织列入人类非物质文化遗产代表作名录。

第二节　诗词里的冬至节

历代文人墨客留下不少书写冬至的名篇佳构。通过这些诗词，我们可以从中窥见冬至节俗的内容及其演变，感知古人过节的习俗及其生活形态。

至后

唐・杜甫

冬至至后日初长，远在剑南思洛阳。
青袍白马有何意，金谷铜驼非故乡。
梅花欲开不自觉，棣萼一别永相望。
愁极本凭诗遣兴，诗成吟咏转凄凉。

诗人说，冬至一到，白天渐长而黑夜渐短。我在遥远的蜀地思念洛阳。蜀地虽有如金谷、铜驼一类的风景胜地，但它毕竟不是我的故乡。梅花正含苞欲放，我却情不自禁地想起故乡的兄弟、朋友。愁闷本想以写诗的方式来排遣，没想到诗歌写成而倍觉凄凉。

邯郸冬至夜思家

唐・白居易

邯郸驿里逢冬至，抱膝灯前影伴身。
想得家中夜深坐，还应说着远行人。

诗人说，冬至节那天，我恰好在邯郸的客栈。晚上，独自抱着双膝坐在灯前，只有影子与我相伴。我相信，家中的亲人今天会相聚到深夜，还应该谈论着我这个远行人。诗歌描写了冬至夜晚作者在邯郸驿舍的所思所感，表达了诗人的孤寂之感和思家之情。

冬至酬刘使君

唐·殷尧藩

异乡冬至又今朝，回首家山入梦遥。
渐喜一阳从地复，却怜群沴逐冰消。
梅含露蕊知迎腊，柳拂宫袍忆候朝。
多少故人承宴赏，五云堆里听箫韶。

身在异乡，恰逢冬至，思念家乡和亲人乃是人之常情。但诗人却能从物候与节日中感知到蓬勃的生机与美好，抒发了诗人对生命和自然的敬畏与感慨。此诗颇具民俗价值。

冬至日遇京使发寄舍弟

唐·杜牧

远信初凭双鲤去，他乡正遇一阳生。
尊前岂解愁家国，辇下唯能忆弟兄。
旅馆夜忧姜被冷，暮江寒觉晏裘轻。
竹门风过还惆怅，疑是松窗雪打声。

这是一首书写怀弟之情的诗。诗中寄托了杜牧对弟弟情深意切的关心。首联点明了节令，冬至到了，气候冷了，不知远方的弟弟境况如何，写封家书问候一下吧。颔联把两种感情加以对比，烘托对弟弟的殷切思念。一杯苦酒，默坐独饮，非但无以解忧，反而顿生无数愁绪。颈联更是表达了一位敦厚的兄长对弟弟无微不至的关心。天冷了，不知多病的弟弟是否知道保重自己的身体？是否知道添衣加被？尾联愈加显示了兄长的心情之沉重。飒飒的寒风刮过，窗外是在下雪了吗？对弟弟的思念与关切之情使诗人倍感惆怅与焦虑。节日思亲，自古而然，古今同理。

冬至后作呈秘阁侍郎

宋·李昉

节辰才过一阳生，草树依依已有情。
杨柳莫嫌凋旧叶，牡丹还喜动新萌。
潜惊绿竹微添翠，暗觉幽离渐变声。
从此日长天又暖，时时独入小园行。

这是一首过冬至、迎春天的诗歌。诗人说，冬至节一到，天气便开始转暖，小草和树枝便开始发芽了。杨柳依依，牡丹新芽。绿竹添翠，百虫变声。好啊，冬至一过，白天一天天变长了，气温一天天变暖了，我也可以不时地独自到园中去走走看看了。其喜悦之情跃然纸上。

丙子冬至夜酒醒

宋·李觏

尽道一阳初复时，不期风雨更凄凄。
凌晨出去逢人饮，沉醉归来满马泥。
多恨恐成干斗气，欲言那得上天梯。
灯青火冷睡半醒，残叶打窗乌夜啼。

诗人说，都说冬至节到了，气温就会回阳转暖，没想到天气却变得更加寒冷，风雨凄凄。大清早出门去与朋友聚会饮酒，喝得酩酊大醉而归。真后悔当初争强好胜、豪气冲天。沉醉醒来，只见残灯冷火，听见窗外有落叶打窗、夜鸟啼叫的声音。

冬至

宋·王安石

都城开博路，佳节一阳生。喜见儿童色，欢传市井声。
幽闲亦聚集，珍丽各携擎。却忆他年事，关商闭不行。

这首诗写出了宋代过冬至节的一些习俗。冬至佳节，一阳复生，都城开放所有的路禁。人们开心地看着儿童们灿烂的笑脸，市井传来欢乐的笑声，人们聚集在一起，各自拿着珍奇艳丽的物品。回想起以前的旧事，那时却是边塞闭关、商户关门歇业，大家在家团聚，不得出行。

冬至日独游吉祥寺

宋·苏轼

井底微阳回未回，萧萧寒雨湿枯荄。
何人更似苏夫子，不是花时肯独来。

冬至时节，井底的暖气将回而未回，大地还是一片寒冷，潇潇寒雨打湿了地上的枯草根。还有谁能像我苏老夫子，不是花开时节竟肯独来游寺赏景呢？诗人实写世人对花的态度，暗讽趋炎附势的世态人情。一个“独”字，将诗人的感情推向至极，颇有“微斯人，吾谁与归”的感慨。

塞外冬至

宋·彭汝砺

今年至日是今朝，日影方长路更遥。
霜雪辛勤白榆塞，鹓鸿怅望紫宸朝。
阴冥丘壑云长暗，阳触渊泉冻欲销。
欲问春来消息近，几多垂柳在溪桥。

这是一首书写冬至塞外风景与表达诗人心绪的诗歌。诗人说，今天是冬至节，白天开始变得越来越长，回家的路似乎也变得更加遥远了。迎霜冒雪，常年戍守边关，也不知何时才能够被召回朝中，更不知道什么时候能够解甲归田，回到家乡。只见天空中冬云密布，地上的河流在慢慢解冻。若想打听春天到来的消息，那就请看一看溪桥畔的杨柳吧！

冬至赠潘郎

宋·张耒

晓镜星星华发新，江山流落未归人。
五纹暗度人间线，九寸潜通地下春。
歌笑欣欣环老稚，杯盘草草称清贫。

与君同是柯山客，窗外梅花解笑人。

这首冬至节赠友诗，首联写人在江湖，岁月流逝，华发新添。颔联写时光流转，大地在暗暗回暖。颈联书写冬至节亲人团圆的欢乐：老老少少，欢声笑语过冬至，尽管清苦贫寒，饮食简单，但举家团圆，其乐融融。尾联诗人说我与你都是山野之人，与大自然为伴，窗外的梅花开了，它仿佛也理解人间的喜乐。

冬至（其一）

宋・陈与义

人生本是客，杜叟顾未知。今年我闻道，悲乐两脱遗。
日色如昨日，未觉墉阴迟。不须行年记，异代寻吾诗。
东家窈窕娘，融蜡幻梅枝。但恐负时节，那知有愁时。

这首诗通过对冬至时节的描写，表现了时间的流逝和人生短暂的主题。同时也体现了作者对生命的思考，阐述了人生中不可避免的悲欢离合，以及对未来的不确定性。诗意深远，寓意深刻。

冬至

宋・张炜

冷笑书云上鲁台，乖祥俱向眼中猜。
阴逢剥处自阳复，否到极时须泰来。
霜剪草茸寒欲断，日烘梅粉暖全开。
吾侬唤作寻常事，坐看儿童拜节回。

这是一首借节日抒写人世哲理的诗作。诗歌大意说，我冷眼旁观那些在冬至节台上装神弄鬼的人，吉凶祸福只好任凭他随意猜测了。自然界往往是阴到极处便会阳气升起，人世间同样也是否极泰来。寒冷的天气如同剪刀，剪掉了毛茸茸的细草，太阳高照，天气转暖，梅花盛开。我把冬至节也视为平常日，笑看儿童高高兴兴拜节归来。

幕中冬至书事

宋·曹勋

书云节物动冠裳，愧我从军乐事妨。
听得邻家响丝竹，壮怀无处不凄凉。

古人有冬至送衣的习俗。所以，诗人说，在信中读到你给远在戍边的亲人寄去寒衣，非常遗憾的是我在遥远的地方戍边，不能与亲人团聚。每当听到邻家响起节日的乐曲，我的内心便生起一种难以言表的悲壮与凄凉。

冬至

宋·姜特立

老来心绪怯年光，又见春来报一阳。
未必暗添宫线永，只应先引鬓丝长。

一年一度的冬至节到了，人到了一定年龄，最怕的便是时光流逝，年华衰老，两鬓斑斑。诗歌抒发了一种人之常情：节日的到来，提醒人们光阴的流逝。

辛酉冬至

宋·陆游

今日日南至，吾门方寂然。家贫轻过节，身老怯增年。
毕祭皆扶拜，分盘独早眠。惟应探春梦，已绕镜湖边。

这首诗慨叹岁月无情、韶华易老，表现了一个落魄志士老来寂寞但依然热爱生活、向往未来的情怀。诗人说，今天是冬至日，可是我家门庭冷清清的。因为家境贫寒，无力欢度佳节，只好简简单单随便度过。人老了，生怕年岁增长。行祭礼时，都由子孙们扶着。晚饭未罢，就独自早早地睡了。只希望明年的景况比今年好一些，我的梦魂好像已到镜湖之滨去探寻春天的信息了。

冬至

宋·陆游

岁月难禁节物催，天涯回首意悲哀。
十年人向三巴老，一夜阳从九地来。
上马出门愁敛版，还家留客强传杯。
探春漫道江梅早，盘里酥花也斗开。

诗歌以冬至为背景，抒写了诗人对光阴流逝、岁月不可挽回的感慨以及对人世变迁的思考。同时，诗人写道江梅已开放，盘中的酥花也竞相绽放，展示了冬至时节的美丽和生机，给人以希望和温暖的感觉。

冬至

宋·陆游

老遇阳生海上村，川云漠漠雨昏昏。
邻家祭彻初分胙，贺客泥深不到门。
万卷纵横忘岁月，百年行止付乾坤。
明朝晴霁犹堪出，南陌东阡共一樽。

这首诗以冬至节为背景，描绘了诗人所居村庄过节时的自然与人文景象。诗人说，要在海上村庄中迎接阳光的到来，而现实却是冬云密布、雨雾弥漫的景象。邻居们祭祀完毕后分食祭品，而贺客却因泥泞的道路无法到达诗人的家门，接着，诗人又说因为专注于阅读而忘记时间。最后，诗人说，明朝天空放晴，阳光明媚，期待着新的一天的到来与朋友共享美好时光。诗歌抒写了诗人对生命的热爱、在困境中的坚持和对友情的珍视。同时，诗中也融入了对知识和学问的追求，展现了作者对美好未来的向往。

冬至夜发峡州舟中作

宋·范成大

舟中万里行，灯下一阳生。不减在家好，都忘为旅情。
霜干风愈劲，云淡月微明。况有诗兼酒，樽前莫问更。

这首诗描绘了诗人在冬至夜里乘舟游历的情景。舟中行程万里，灯下照耀出一线阳光。人在旅途，倍思亲人。霜干风劲，云淡月明，景色宜人。幸好自己带着诗和酒，那就不管其他的啦！诗以冬至夜为背景，通过描绘诗人在舟中游历的情景和作为，表达了对家的思念之情。

冬至

宋・朱淑真

黄钟应律好风催，阴伏阳升淑气回。
葵影便移长至日，梅花先趁小寒开。
八神表日占和岁，六管飞葭动细灰。
已有岸旁迎腊柳，参差又欲领春来。

诗人说，时至冬至，和风吹动着大地，阴气下沉，阳气回升，温和的天气逐渐回来了。太阳的影子相应移动到冬至这一天，腊梅花率先趁着小寒时节未到便盛开了。八方之神的卦象都占得明年是个吉祥年，六管中芦苇膜灰也飞出了。岸边一排排迎接腊月的柳树伸出参差不齐的枝条，仿佛要引领春天的到来。

冬至

宋・戴复古

时光流转寻常事，世故惊心感慨多。
一岁休祥在云气，今朝云气果如何。

诗人说，时光流转乃平常之事，但人世纷纷却让人感慨良多。一年中的吉凶祸福都在命定之中，新的一年开始了，看看今年的运气又将怎样呢？诗歌语言自然清新，诗意盎然，意蕴悠长，而又以轻松幽默的语调出之，别具一格。

冬至（其一）

宋·刘克庄

日添一线书中见，雪染千丝镜里明。
迟暮犹思寸阴惜，凝严未觉一阳生。

诗人说：冬至节到了，白日逐渐变长，时光流逝，雪花染白了千丝万缕，映照在镜子里格外明亮。傍晚时分，我仍然思念短暂的时光，严寒里却未感受到一丝太阳的温暖。

冬至

宋·龙辅

冬至宵虽短，孤眠恨自长。枕单寒入梦，窗破月窥床。

这首诗写出了诗人在冬至节的感受：冬至夜虽然开始变短，但对于一个身边没有亲人者而言，依然觉得长夜漫漫，寂寞难熬。尤其在节日里，那种孤独凄凉更是强烈、铭心刻骨。透过破窗，一轮孤月高悬夜空……

西江月·丙午冬至

宋·吴文英

添线绣床人倦，翻香罗幕烟斜。五更箫鼓贵人家。门外晓寒嘶马。
帽压半檐朝雪，镜开千靥春霞。小帘沽酒看梅花。梦到林逋山下。

诗人说，在冬至夜，普通人家的女性仍然坐在绣床前织绣，人虽感疲倦，但还得续添丝线劳作。那燃起的一束敬神的香，袅袅萦绕，而富贵人家则彻夜箫鼓不绝，以示庆贺节日。来宾的坐骑拴在门外的拴马桩上，因天气太冷而不时扬蹄昂首嘶鸣。虽然帽下露出已斑白的头发，然而镜中却映出了脸上桃花般的红晕。舒适地在帘内边饮酒边赏梅花，醉梦中好像到了孤山，游赏梅花。

冬至

宋·文天祥

书云今日事，梦破晓鸣钟。家祸三生劫，年愁两度冬。
江山乏小草，霜雪见孤松。春色蒙泉里，烟芜几万重。

诗人说，今天是一年一度的冬至节，晓钟惊破了我的梦境。家中的不幸像三生的劫难，岁月的忧愁接连不断。地上没有绿色的小草，只有孤零零的松树迎接着霜雪。遥想春天的美景被泉水所掩盖，烟雾中繁茂的花草重重叠叠、无边无际。诗歌简洁而富有意境，通过对自然景物的描绘，抒发了作者内心的忧愁和对美好未来的向往，表现了诗人深邃的家国情怀。

冬至

明·刘基

冬至微阳斡化机，闭关独坐正相宜。
白杨风扫经霜叶，翠柏冰凝泣露枝。
日转天南林影觉，春生地底水泉知。
物华过眼成今古，愁绝看云有所思。

诗人说，冬至时节，阳气开始上升，万物开始新的转化，关闭边塞，杜绝一切往来，这正是独自静坐的好时机。寒风猛烈，霜叶纷纷，翠柏的枝条上挂满冰霜。太阳从南方北转只有林间的树影知道，春天的到来也只有地下的水泉知晓。世间万物转眼都成为过去，自然景物与喜怒哀乐都会引人深思。

吴江客中冬至日

元·王袆

十年奔走竟何为，转觉谋生事事非。
时序每惊愁里换，家山长向梦中归。
吴江岁晚寒波积，楚塞天空鸿雁稀。
酒后登楼倍惆怅，缁尘犹满旧征衣。

这是一首追问人生意义的诗作。诗人说，一生奔波，到底为何？究竟何为？时光流逝，离乡背井，每逢佳节倍思亲。吴江岁晚，天寒地冻，楚地天阔，偶见鸿雁。佳节思亲，借酒浇愁愁更愁，登楼望乡，家在何方？触景生情，泪水打湿了征衣。

冬至夜喜逢徐七

明·高启

君来同客馆，把酒夜相看。动是经年别，能辞尽夕欢。

雪明窗促曙，阳复座销寒。世路今如此，悬知后会难。

在严寒的冬至日，在他乡遇故知，是生活中一大喜事，让本来值得畅饮的长夜更添一份温暖和特别。推杯换盏，把酒言欢。世道多变，相逢难得。这一次分别后，也不知何时才能再相逢啊。

冬至

明·王守仁

客床无寐听潜雷，珍重初阳夜半回。

天地未尝生意息，冰霜不耐鬓毛催。

春添哀线谁能补？岁晚心丹自动灰。

料得重闱强健在，早看消息报窗梅。

在冬至这个万家团圆、祭祀祖先的日子，独在异乡为异客，诗人辗转难眠。但却能感知到一阳回春、万物复苏、潜雷隐隐、冰雪消融。即使在最寒冷的时候，天地之间的生机也未停止；再严寒的冰霜，也抵不过时光的消融。诗人的意思是说，冬日寒冷，万物萧条，看似不再生长，实际上却都将坚韧的生机隐藏在最深处，等待雷声惊天、春风回转，便会冲破黑暗与寒冷，勃勃绽放。与此同时，诗歌也书写自己客居他乡，寄语对父母的祝福和安慰。王阳明的诗歌深蕴哲理，多有悟道后的豁然与豁达。

冬至

明·何景明

至日哦诗野水滨，乍晴天气最宜人。
檐前白日不觉晚，山下寒梅俱放春。
远客盘餐还偶共，故园风俗自须亲。
病来又见阳回节，鸣玉何由拜紫宸。

在诗人看来，冬至节是一个宜人的好日子。可以到郊外河边吟诗，可以在屋檐下望日，可以在山中赏梅，可以与客人饮酒，还可以参加故园的节日活动……冬至节到了，明媚的春天还会远吗？

至日示舍弟

清·刘孚翊

历历经过事，昏昏醉梦中。江湖愁日短，天地泣途穷。
佳节因人过，伤心有尔同。平生忧患意，何处问苍穹。

诗人生于清末，历经鸦片战争以来的一系列重大事件。作为外交使节，在弱国无外交的困境下，倍感“江湖愁日短，天地泣途穷”，“平生忧患意，何处问苍穹”。正值冬至佳节，感时伤事，意绪难平，寄诗舍弟，以表心志。

第三节　今天，我们怎样过冬至节？

冬至是二十四节气之一。二十四节气是指二十四个时节和气候，是我国古代先人订立的一种用来指导农事的补充历法，是中华民族劳动人民长期经验的积累成果和智慧的结晶，是我国博大精深丰厚多样的传统文化重要的有机组成部分，对中华文化及中华民族的民族性格与生活、生产等都产生着极其重要的广泛影响，是中华民族先祖们集体智慧的结晶。因此，欲创造性传承与发展传统节日文化，首先应全面了解传统节日文化。只有知晓本来，才能把握未来。

由于中国古代是一个农业社会，农业需要严格准确了解太阳运行情况，农事完全根据太阳运转进行安排。所以，在历法中又加入单独反映太阳运行周期的二十四节气，用作确定闰月的标准。

中国正统的二十四节气以河南或黄河流域为本。中国农历是一种阴阳合历，即根据太阳也根据月亮的运行制定的。因此，加入二十四节气能较好地反映出太阳运行的周期。

二十四节气分别为：立春、雨水、惊蛰、春分、清明、谷雨、立夏、小满、芒种、夏至、小暑、大暑、立秋、处暑、白露、秋分、寒露、霜降、立冬、小雪、大雪、冬至、小寒、大寒。

故民间有二十四节气的歌谣：

春雨惊春清谷天，夏满芒夏暑相连。
秋处露秋寒霜降，冬雪雪冬小大寒。

又有关于二十四节气月份的歌谣：

地球绕着太阳转，绕完一圈是一年。
一年分成十二月，二十四节紧相连。
按照公历来推算，每月两气不改变。
上半年是六廿一，下半年逢八廿三。
这些就是交节日，有差不过一两天。
二十四节有先后，下列口诀记心间：
一月小寒接大寒，二月立春雨水连；
惊蛰春分在三月，清明谷雨四月天；
五月立夏和小满，六月芒种夏至连；
七月大暑和小暑，立秋处暑八月间；
九月白露接秋分，寒露霜降十月全；
立冬小雪十一月，大雪冬至迎新年。
抓紧季节忙生产，种收及时保丰年。

2016 年 11 月 30 日，中国的二十四节气被正式列入联合国教科文组织人类非物质文化遗产代表作名录。

冬至作为二十四节气中的第二十二个节气，此时太阳位于黄经270度，12月21—23日交节，与夏至相对。冬至这天，太阳直射地面的位置到达一年的最南端，几乎直射南回归线。这一天北半球得到的阳光最少，北半球的白昼达到最短，且越往北白昼越短。古人云，阴极之至，阳气始生，日南至，日短之至，日影长之至，故曰“冬至”。又名亚岁、小岁、一阳生等。冬至后便开始数九，每九天为一个“九”。到“三九”前后，地面积蓄的热量最少，天气也最冷，所以有“冷在三九”之说。民间流行的《九九歌》云：一九二九怀中插手；三九四九冰上行走；五九六九沿河看柳；七九河开，八九雁来；九九加一九，耕牛遍地走。

冬至三候：一候蚯蚓结；二候麋角解；三候水泉动。意思是，蚯蚓作为一种阴曲阳伸的生物，此时阳气虽已生长，但阴气仍然十分强盛，泥土中的蚯蚓仍然蜷缩着身体不动；麋与鹿同科，却阴阳不同，古人认为麋的角朝后生，所以为阴，而冬至一阳生，麋感阴气渐退而解角；由于阳气初生，所以，此时山中的泉水可以流动并且微微温热。

冬至是古代中国社会一个重大的节日，民间至今流传着“冬至大如年”的俗语。从这一俗语中，可见冬至在民间社会生活中的地位与影响。中国古代社会冬至主要习俗有：祀天仪式、朝廷大朝会、民间祭祖、私塾祭孔、饮食习俗、亲友拜贺、士人拜冬、数九消寒等，其中饮食习俗南北有别，北方有冬至吃饺子的风俗。俗话说：“冬至到，吃水饺。”而南方则有吃汤圆或喝羊杂汤的习俗。在四川，有冬至炖冬的饮食习俗，这在养生学、营养学等方面具有特殊价值。

冬至节作为农耕文明的产物，在其历史发展过程中，尤其在人们的生产与生活安排中发挥了不可替代的作用，而现代社会已经极大地改变了传统农耕社会的格局，社会生活样态发生了根本性改变，冬至节必然呈现出新的文化内涵。

对古代先民而言，二十四节气绝不仅仅是一种时间制度安排，也是一种具有丰富内涵的生活、生产与民俗体系，冬至兼具自然与人文两种属性。先民根据自然物候、星宿天象来安排农业生产、调整生活节奏，举办祭祀仪式，感恩自然、神灵赐予与祖先保佑。祭祀中，冬至承担了调节人与神灵、人与自然、人与他人、人与自身等多重关系的重要职能，达成了官府与民间之间礼俗互动、礼治教化的目的。这些节日文化资源在今天或未来都是具有积极的价值与功能的。与此同时，我们必须与时俱进，自觉意识到包括冬至在内的二十四节气已经不再是现代社会农事活动和社会生活的主要时间依据，而是借助现代科学技术尤其是天文气象技术，同时依据西历纪年方式，公历成为主要历法系统，人们安排农事和社会活动，可以根据公历历法系统辅以阴历历法系统做出准确判断，二十四节气基本失去了指导农事活动的主体价值。其他如冬至祭天仪式、朝廷朝会等节俗活动已不适合现代法治社会，冬至节更多回归自然物候的习俗，人文节俗也发生了新的变化。但冬至的部分节俗，如饮食习俗、禁忌习俗、祭祖习俗等蕴含着古人的时间观念、阴阳观念、伦理观念以及尊重自然的观念等仍然具有特殊意义，它表现出的敬畏自然、崇宗敬祖、顺天应时、家庭团圆、邻里和睦、健康饮食等思想仍然值得我们珍惜。同时，作为农耕文明时代的重要节日，冬至节俗还承载着浓浓的乡愁，为现代社会的现代人反思当下生活状态提供了文化资源，也为生态文明建设提供了有益参考。

在现代社会中，尤其是在乡村，冬至习俗还具有经济价值，可以带动社会消费。比如具有观赏性的仪式活动，比如具有较强参与性和体验感的饮食习俗，如杀年猪、吃庖锅汤、采冬、炖冬等，可以与乡村民俗旅游、乡村购物活动、乡村美食节举办等相结合，实现节俗文化传承与乡村经济振兴双赢。

所以，即使在现代社会，冬至节的重要性尽管有所减弱，但并不意味着它已经完全失去了价值。恰恰相反，现代社会赋予了冬至新的时代意义。

第十一章　腊八节

第一节　起源与演变

腊八节，在农历十二月初八，故曰腊八。主要习俗是喝腊八粥。关于腊八节的起源与传说，民间流行着多种说法。

佛家说，腊八节是佛教最盛大的节日之一。按佛典记载，释迦牟尼得道成圣之前曾修苦行多年，形销骨立，总觉得苦行究竟不是解脱成圣之道，遂决定放弃苦行。此时遇见一牧羊女呈献乳糜，食后体力恢复，端坐菩提树下沉思，于十二月八日悟道成圣。为纪念此事，佛教徒于此日举行活动，以米和果物煮粥供佛。南宋吴自牧《梦粱录》载："此月（腊月）八日，寺院谓之腊八。大刹等寺，俱设五味粥，名曰腊八粥。"据说喝了这种粥以后，就可以得到佛祖的保佑。故腊八粥也叫福寿粥、福德粥等。腊八本为佛教节日，后经历代演变，逐渐成为中国家喻户晓的民间节日。

道教说，据唐人《赤松子章历》及宋人张君房著《云笈七笺》等道家著述中记载，腊月初八是王侯腊，五帝会于上方玄都玉京。五帝校定生人处所、受禄分野、降注三万六千神气。其日可谢罪、求延年益寿、安定百神、移易名位、回改贫乏、沐浴斋戒、祭祀先亡、大醮天官，令人所求从愿，求道必获。

民间传说就更多了，今列举二三，仅供了解参阅。

传说一：赤豆打鬼的传说。据说上古五帝之一的颛顼氏，三个儿子死后变成恶鬼，专门出来惊吓孩子。古代人们普遍相信迷信，害怕鬼神，认为大人小孩中风得病、身体不好都是由于疫鬼作祟。但这些鬼怪天不怕地不怕，单怕赤豆，故有"赤豆打鬼"的说法。所以，在腊月初八这一天以红小豆、赤小豆熬粥，以祛疫迎祥。这也是在我国民间历来有鬼怪怕火、怕红布、怕血等红色东西的原始起源。

传说二：据说当年朱元璋落难受苦时，正值天寒地冻，又冷又饿的朱元璋竟然在老鼠洞里刨找出一些红豆、大米、红枣等五谷杂粮。朱元璋便把这些东西熬成了粥喝了，而那天正是腊月初八。后来朱元璋坐了天下、当了皇帝，颁旨把这一天定为腊八节，把那天喝的杂粮粥命名为腊八粥。

传说三：传说人们对抗金英雄岳飞的怀念。当年，岳飞率部抗金于朱仙镇，正值数九严冬，当地百姓相继送粥，岳家军饱餐了一顿百姓送的千家粥后，士气大振，大败金军，获胜而归，而这天正是腊月初八。岳飞死后，人们为了纪念他，每到腊月初八，便以杂粮豆果煮粥，终于成俗。

传说四：相传有老两口吃苦耐劳，持家节俭，攒下一笔家业，可是儿子却不争气，娶的媳妇也不贤惠，很快就败了家业，到了腊月初八这一天，小两口冻饿交加，幸好有邻居接济，煮了一锅“杂合粥”。意思是：“吃顿杂合粥，教训记心头。”这顿粥让小两口改掉了好吃懒做的旧习，勤恳劳动，日子也一天天好起来。民间流行腊八吃粥的风俗就是为了以此教训警示后人：勤俭节约，勤劳致富。

……

其实，早在先秦时期，我国一些地方已有与“腊”相关的腊祭的习俗，节期在腊月，但具体日期并不固定。据西汉戴圣所编的《礼记·郊特牲》辑录，腊祭是“岁十二月，合聚万物而索飨之也”。汉应劭《风俗通义》中说：“夏曰嘉平，殷曰清祀，周曰大腊，汉改为腊。”

古人认为，腊月乃岁终之月。故腊有三义：一曰新旧交接，二曰祭祀祖先，三曰祛疫迎春。所以，腊八节其实就是春节的开始或序篇，民谣云：小孩小孩你别馋，过了腊八就是年。民谣又云：腊八祭灶，新年快到。

按照民俗学对节日的界定，任何一个完整的民俗节日都需要具备三个基本要素：一是固定的时间，二是特殊的习俗，三是特定的名称。因此，腊八节的形成也有一个漫长的演变过程。先秦时腊祭日期并不固定，汉后腊祭日在冬至后第三个戌日。学界一般认为，腊八节在魏晋南北朝以后逐渐固定在腊月初八，历经唐宋元明清，流传至今，历史悠久。

腊八节的习俗主要是祭祀和吃腊八粥，当然也吃用醋泡的腊八蒜以及喝腊八醋等。至于腊八粥由哪些谷物构成，因地因时而异。但基本上都包括大米、小米、糯米、高粱米、紫米、薏米等谷类，黄豆、红豆、绿豆、芸豆、豇豆等豆类，红枣、花生、莲子、枸杞子、栗子、核桃仁、杏仁、桂圆、葡萄干、白果等干果。比如南宋周密撰《武林旧事》说："用胡桃、松子、乳蕈、柿、栗之类作粥，谓之腊八粥。"清人富察敦崇的《燕京岁时记》里则称"腊八粥者，用黄米、白米、江米、小米、菱角米、栗子、去皮枣泥等，和水煮熟，外用染红桃仁、杏仁、瓜子、花生、榛穰、松子及白糖、红糖、琐琐葡萄以作点染"。

2021 年，腊八节习俗被国务院列入第五批国家级非物质文化遗产名录。

第二节　诗词里的腊八节

历代文人皆有诗文书写腊八节俗，咏节感怀，今拾取一二，供读者诸君赏阅。

大腊

晋·裴秀

日躔星记，大吕司晨。玄象改次，庶众更新。
岁事告成，八蜡报勤。告成伊何，年丰物阜。
丰禋孝祀，介兹万祜。报勤伊何，农功是归。
穆穆我后，务兹蒸黎。宣力菑亩，沾体暴饥。
饮飨清祀，四方来绥。充仞郊甸，鳞集京师。
交错贸迁，纷葩相追。掺袂成幕，连衽成帷。
有肉如丘，有酒如泉。有肴如林，有货如山。
率土同欢，和气来臻。祥风协调，降祉自天。
方隅清谧，嘉祚日延。与民优游，享寿万年。

这首描写腊八的诗歌是我国魏晋时期著名的诗人、地图学家裴秀的作品。诗歌书写了我国古代腊祭的习俗，主要是向诸神报告一年的情况，尤其是物产收成与百姓生活的情况，并感谢诸神的护佑，祈求来年物产丰收，国泰民安，永享万年。

腊节

北齐·魏收

凝寒迫清祀，有酒宴嘉平。宿心何所道，藉此慰中情。

魏收的这首《腊节》写出了年末天寒地冻的气候，人们在腊八节这天具宴饮酒，祈祷平安吉祥。同时，抒写了诗人对来年的美好心愿。

腊日

晋·陶渊明

风雪送余运，无妨时已和。梅柳夹门植，一条有佳花。
我唱尔言得，酒中适何多！未能明多少，章山有奇歌。

这是一首即景言情的清新小诗。岁暮腊日为祭神之时，窗外是风雪飘飘，梅柳夹道。室内诗人对酒赏梅，吟诗而歌，沉醉其间，表现出悠然自适的神情意态。

腊日宣诏幸上苑

唐·武则天

明朝游上苑，火急报春知。花须连夜发，莫待晓风吹。

诗人说，明天早上我要游览上苑，火速传诏给春神知晓。百花定要连夜齐放，不要等到晓风吹来方才开放。此诗简洁明快，语言流畅，主题鲜明，堪称上乘之作，充分体现了女皇洞察一切的睿智、随机应变的能力、刚毅果断的作风以及号令一切、吞吐宇宙的气概。此诗正好显示了女皇主宰一切的神气和至高无上的尊严。

腊日

唐·杜甫

腊日常年暖尚遥，今年腊日冻全消。
侵陵雪色还萱草，漏泄春光有柳条。
纵酒欲谋良夜醉，还家初散紫宸朝。

口脂面药随恩泽，翠管银罂下九霄。

诗人说，往年的腊日天气还很冷，温暖的日子离人还很遥远。而今年腊日却气候温和，冰冻全消。山间的雪都已融化了，露出了嫩绿的萱草，透过烂漫的春光，纤细的柳枝随风起舞。想要在这良宵夜纵酒狂饮，一醉方休，高兴之余，真想回家。但圣上召见并赏赐美食，感念皇恩浩荡，我又不能请辞啊。

赠孙莘老七绝·去年腊日访孤山

宋·苏轼

去年腊日访孤山，曾借僧窗半日闲。
不为思归对妻子，道人有约径须还。

这是一首腊日忆旧访友的诗作。诗人回想起去年的腊八日访问孤山，与友人窗下闲叙的情景。从此诗可见苏轼对友人的真挚与对友谊的真诚。

腊日步西园

宋·张耒

三亩寒园春欲回，浅池低树忽飘梅。
楚乡万里霜云尽，归雁行行斜日来。

诗人说，我在腊八节这天移步西园，但闻园内高高低低的树林间有梅花飘香。池塘水浅，春意欲回。遥想万里之外，霜云消逝，归雁行行，从太阳那边飞翔而来。这难道不是春天来临的前兆吗？

杭都旅舍腊日感事

宋·孙应时

三年腊日常为客，愁绝梅花独自看。
万里尘沙走西蜀，九衢风雪卧长安。
生来可是儒冠误，老去偏知世路难。
安得长间伴溪叟，醉歌时掣钓鱼竿。

这首诗抒写了诗人长期仕宦在外地的经历与感受，对人世与人生的思考与感悟，即使是节日也不得回归故里与家人团聚、享受天伦之乐，而只能在思念孤独的愁绪中独自与梅花为伴，流露出一种淡出红尘、退隐山林的情绪。

十二月八日步至西村

宋·陆游

腊月风和意已春，时因散策过吾邻。
草烟漠漠柴门里，牛迹重重野水滨。
多病所须唯药物，差科未动是闲人。
今朝佛粥交相馈，更觉江村节物新。

腊月的微风里已经有了春意，我拄着拐杖散步路过邻家，看到邻家柴门里面炊烟袅袅，野外水边有重重叠叠的耕牛脚印。因为我身体不好需要吃药养病，没有徭役征召，所以赋闲在家。今天邻居把腊八粥送给了我，倍觉江边小村新的物节气候气息降临。诗歌意蕴深远，诗人在欣赏乡村炊烟袅袅、牛迹重重的素朴幽静的生活场景，喝着腊八粥，感受融融春意，也期盼自己人生的春天重新到来。

腊日晚过杨村写望

宋·汪莘

万里溪光一望穿，潜鱼世界白鸥天。
若为移得溪光去，落日茅斋相对眠。

这是一首记写诗人在腊八日傍晚落日时路过一个叫杨村的村庄的所见所感的诗歌。诗人说，举目所见，夕阳西沉，溪水长天，风光无限，鱼潜水底，白鸥翔天……诗人感慨，此时此刻，移得溪光，与落日相伴而眠，这真是一件特别惬意的事啊！

腊八危家饷粥有感

宋·赵万年

襄阳城外涨胡尘，矢石丛中未死身。
不为主人供粥饷，争知腊八是今辰。

这是战争状态下的腊八节。诗人说，襄阳城外敌军大兵压境，我方在乱箭与石头飞射中仍然死守城池。如果不是喝到送来的腊八粥，哪里知道今日竟是腊八节！

腊日饮赵氏亭

元·张翥

城上高亭一再过，每看风物费吟哦。
近诗颇效寒山子，往事徒成春梦婆。
剩买十千燕市酒，闲听二八越娘歌。
梅花枉报春消息，祇遣今年别恨多。

这首诗记写了诗人腊八节这天在赵氏亭喝腊八粥的感慨思绪。风物的变换、人生的追求、曾经的风流、眼前的梅花、心中的别恨……如此等等，都让诗人感慨良多，思绪万千。

腊八日发桐城

明·陶安

邑人生怅怏，送别郭东门。冻木知春早，晴风卷雾昏。
石桥分古道，野烧露新痕。行处山农说，留声到子孙。

一般说，腊八日本应与亲人、朋友团聚欢度，但诗人却与他们分别远行，所以不免心生愁绪。然而，大自然的物候变化却抚慰了诗人的离愁：新生的气息草木已知，春天的脚步已降临人间。

腊八日怀圣仆

明·葛一龙

怀君八日语，五见十年中。险阻贫兼病，西南北又东。
两乡侈各健，一粥喜遥同。木末临清晓，应披看雪红。

这是一首抒写腊八节思念一位叫圣仆的人的诗歌。诗人说：在腊八节这一天，我十分思念你，你我各自奔波东西南北，十年才有五次见面，只希望你我在这腊八日同喝一碗腊八粥，相互遥祝身体健康，临窗观花赏雪。

腊八日水草庵即事

清·顾梦游

清水塘边血作磷，正阳门外马生尘。
只应水月无新恨，且喜云山来故人。
晴腊无如今日好，闲游同是再生身。
自伤白发空流浪，一瓣香消泪满巾。

由于诗人身处明末清初之际，加之平生任侠好义，喜交结四方名士豪杰，入清后以遗民终老，故诗歌多抒写时代变迁之故、改朝换代之痛。节日思亲与感怀，这是古今中外诗人的普世情结。此诗亦然，别有包袱。

腊八日过叙州（二首）

清·张问陶

一

风掠晴云澹不收，夕阳吹影上扁舟。
帖山楼殿平如画，插水林峦碎欲流。
爆竹声繁逢腊日，荔枝香冷过戎州。
船窗自击泥头酒，味谏轩南为少留。

二

碧水丹山好画图，一江金翠影模糊。
层峰细碎通乌撒，古塔高寒表庆符。

蛮女踏歌愁欲绝，巴船维缆暮相呼。
题诗真作天涯客，何必淹留笑贾胡。

这两首诗是诗人张问陶在腊八日路过叙州（今四川宜宾）时所作。诗歌书写了诗人路过宜宾时的天气、时间、山水美景、节日景象、宜宾物产、地方风俗等，地方特色鲜明，生活气息浓厚，颇具民俗价值。

腊八
清·夏仁虎
腊八家家煮粥多，大臣特派到雍和。
对慈亦是当今佛，进奉熬成第二锅。

这首诗写出了京城腊八节家家煮粥、皇宫分粥的清代社会习俗。诗人说，腊八节这天家家都要煮腊八粥，当今皇上和大臣们特地在雍和宫熬粥。第一锅用来敬献佛祖，第二锅是进奉给太后和帝后的家眷。

第三节　今天，我们怎样过腊八节?

作为日常生活的一个重要组成部分，传统节日是活态的，会随着社会发展、文化的交流和人们生产生活方式的改变而改变，以适应人们的不同需求。从某种意义上讲，没有一成不变的节日，也不存在标准的节日内容，一旦人们的需求发生了改变，传统节日也会相应随之而变，传统节日的生命力也就体现在这里。在农耕文明时代，物资较为贫乏，所以，人们比较重视吃穿等基本生存与生活方面的内容。在物质生活极大丰富的今天，吃穿等内容让位于游乐休闲活动。所以，人们会有节味越来越淡的感觉。因此，我们要从物资匮乏时代的思维里跳出来，站在社会与精神层面来思考今天我们怎么过节日？

腊八节，在农历十二月初八，故曰腊八。主要习俗是喝腊八粥、祭祀。关于腊八节的起源与传说的多种说法，比如佛教说、道教说以及民间传说。比如关于腊八节的节俗内容等等，这就给我们一些有益启示。它说明了腊八节是多种文化的融汇，具有包容性。而且随着时代和社会制度的变化而变化，同时又保持了其核心习俗的连续性。中华优秀传统文化有很多重要元素，共同塑造出中华文明的突出特性。中华文明具有突出的连续性特征，从根本上决定了中华民族必然走自己的路。如果不从源远流长的历史连续性来认识中国，就不可能理解古代中国，也不可能理解现代中国，更不可能理解未来中国。中华文明具有突出的创新性，从根本上决定了中华民族守正不守旧、尊古不复古的进取精神，决定了中华民族不惧新挑战、勇于接受新事物的无畏品格。中华文明具有突出的统一性，从根本上决定了中华民族各民族文化融为一体、即使遭遇重大挫折也牢固凝聚，决定了国土不可分、国家不可乱、民族不可散、文明不可断的共同信念，决定了国家统一永远是中国核心利益的核心，决定了一个坚强统一的国家是各族人民的命运所系。中华文明具有突出的包容性，从根本上决定了中华民族交往交流交融的历史取向，决定了中国各宗教信仰多元并存的和谐格局，决定了中华文化对世界文明兼收并蓄的开放胸怀。中华文明具有突出的和平性，从根本上决定了中国始终是世界和平的建设者、全球发展的贡献者、国际秩序的维护者，决定了中国不断追求文明交流互鉴而不搞文化霸权，决定了中国不会把自己的价值观念与政治体制强加于人，决定了中国坚持合作、不搞对抗，决不搞党同伐异的小圈子。

中华文化的连续性、创新性、统一性、包容性及和平性等诸多特性在传统节日文化里体现得尤其充分和集中。因此，传统文化尤其是优秀的传统文化必须很好地继承并发扬光大。同时，本着“吸取精华，去除糟粕”的原则，对于那些时间和实践已经证明不具有科学性的节日习俗应该抛弃，根据不同时代与社会的发展变化，赋予传统节日以新的内涵。以平和的心态，正确地面对和积极认知其他国家或民族的节日文化，兼收并蓄，为我所用，海纳百川，有容乃大。这样，才能在全球化的背景下站稳脚跟，保持中华文化的个性与特色，保持中华文化一脉相承的统一性。

就腊八节而言，在新的社会历史背景下，让国人了解、熟悉腊八节的起源、历史、习俗以及它的文化内涵，我觉得这是十分必要的。我们可以利用过节的时间点，简明扼要地梳理并传授腊八节的知识，潜移默化地感受腊八节的文化韵味。其中的节日传说中蕴含着质朴而普世的道理或哲理，比如修行悟道，比如勤俭节约，比如相互救助等等。所以，有民俗专家呼吁，将腊八节设立为勤俭节约日，赋予新的节日内涵，与今天我们提倡的低碳节能、理性消费、生态环保、绿色出行等现代理念不谋而合。

其次，挖掘腊八节的节俗内涵，让国人在过节的过程中感知社会关怀关爱的温暖。其中腊八分粥，既有百姓自己熬粥自用的习俗，也有寺庙、道观、官府以及社会组织、团体等在腊八节当天或前后熬粥分粥，在严寒的冬日将熬制的腊八粥免费提供给穷人、流浪汉以及其他需要的人。一碗小小的腊八粥体现了人间的爱，体现了人性的温暖。既可以提醒肉食者，又可以教育有钱人，还可以救济困难者……或许，一年一次的腊八分粥解决不了根本问题，但它至少是人性同类相怜相助的善意表达，值得肯定。今天，我们的社会救济救助体系相对较为健全和完善，但古代社会却非如此。所以，从政府救助与民间救助两个体系来看，也可以从中得到启发和值得学习的地方。

同时，国人为何如此钟情腊八粥呢？现代营养学、医学已经证明这是确有科学道理的。清代营养学家曹燕山撰写的《粥谱》对腊八粥的健身营养功能有过详尽的论述。养生学认为，药疗不如食疗。食疗具有调理生理、易于吸收、重在日常、贵在长期、循序渐进等特点。腊八粥是食疗佳品，具有和胃、补脾、养心、清肺、益肾、利肝、消渴、明目、通便、安神等作用。所以，从养生健康与营养保健以及食品研发等方面都值得研究。

再次，有学者认为，腊八节也是中华民族的民族大节过年的揭幕式。民间有“小孩小孩你别馋，过了腊八就是年”之说，过腊八节意味着拉开了过年的序幕。所以，也有人认为，过年的时间始于腊八，止于元宵，中国的年节前后共历时三十多天。这样中国古代传统节日就形成了一个完整的完整体系。其中，在古代社会，腊八节最为重要的一项习俗内容就是腊祭，又叫岁终大祭。古人认为人类生存的一切皆来源于自然天地神灵的恩赐，所以一年四季都要祭祀感恩神灵，腊祭就是一年中总结性的大祭祀，最为盛大隆重。同时，腊八也祭祀祖先。所以，在古代社会，腊八相当于后来的过大年。再后来，成了春节的序篇。

附录

微识二十四节气

前言

二十四节气是指二十四个时节和气候，是我国古代先人订立的一种用来指导农事的补充历法，是中华民族劳动人民长期经验的积累成果和智慧的结晶，是我国博大精深、丰厚多样的传统文化重要的有机组成部分，对中华文化及中华民族的民族性格与生活、生产等都产生着极其重要的广泛影响，是中华民族先祖们集体智慧的结晶。

由于中国古代是一个农业社会，农业需要严格准确了解太阳运行情况，农事完全根据太阳运转进行安排。所以，在历法中又加入单独反映太阳运行周期的二十四节气，用作确定闰月的标准。

中国正统的二十四节气以河南或黄河流域为本。中国农历是一种阴阳合历，即根据太阳也根据月亮的运行制定的。因此，加入二十四节气能较好地反映出太阳运行的周期。

二十四节气分别为：立春、雨水、惊蛰、春分、清明、谷雨、立夏、小满、芒种、夏至、小暑、大暑、立秋、处暑、白露、秋分、寒露、霜降、立冬、小雪、大雪、冬至、小寒、大寒。

故民间有二十四节气的歌谣：

春雨惊春清谷天，夏满芒夏暑相连。
秋处露秋寒霜降，冬雪雪冬小大寒。

又有关于二十四节气月份的歌谣：

地球绕着太阳转，绕完一圈是一年。
一年分成十二月，二十四节紧相连。
按照公历来推算，每月两气不改变。
上半年是六廿一，下半年逢八廿三。
这些就是交节日，有差不过一两天。
二十四节有先后，下列口诀记心间：
一月小寒接大寒，二月立春雨水连；
惊蛰春分在三月，清明谷雨四月天；
五月立夏和小满，六月芒种夏至连；
七月大暑和小暑，立秋处暑八月间；
九月白露接秋分，寒露霜降十月全；
立冬小雪十一月，大雪冬至迎新年。
抓紧季节忙生产，种收及时保丰年。

2006年5月20日，农历二十四节气作为民俗被列入第一批国家级非物质文化遗产名录。

2016年11月30日，中国的二十四节气被正式列入联合国教科文组织人类非物质文化遗产代表作名录。

有鉴于此，我们撰写了关于二十四节气的简明文字，分别介绍节气的起源、季节、物候、节令等内容，按春夏秋冬的顺序介绍相关文化知识，包括农事活动、农历节日、民间习俗、起居养生、民间谚语以及相关古典诗词精选等，言简意赅地解读二十四节气，带领读者了解领略中华传统文化的特殊魅力。

一、传统节气：中华民族独有的历法

中国古代利用土圭（土圭构造简单，就是垂直于地面立一根杆，通过观察记录它正午时影子的长短变化来确定季节的变化）实测日晷，将每年日影最长的称日长至（又称长至、冬至），日影最短的为“日短至”（又称短至、夏至）。在春秋两季各有一天的昼夜时间长短相等，便定为“春分”和“秋分”。在商朝时已有四个节气，到了周朝时发展到了八个，到秦汉年间，二十四节气已完全确立。公元前104年，由邓平、落下闳等制定的《太初历》，正式把二十四节气订于历法，明确了二十四节气的天文位置。地球每365天5时48分46秒围绕太阳公转一周，每天24小时还要自转一次。由于地球旋转的轨道面同赤道面不是一致的，而是保持一定的倾斜，所以一年四季太阳光直射到地球的位置是不同的。二十四节气每一个分别相应于太阳在黄道上每运动15°所到达的一定位置。每个月两个节气，第一个叫节气，第二个叫中气。二十四节气的名称首见于汉代的《淮南子·天文训》中。

据说，这种利用土圭测量的方法最早始于周公，现今河南省嵩山脚下还保留着一座完好的世界上最古老的“周公测量台”。学界一般认为，二十四节气始于先秦，定于秦汉。其划分依据是斗转星移、圭表测影和太阳黄经。下面介绍一些与二十四节气有关的概念。主要有一年的四时、四立、八位、十二度、二十四花信风、七十二候等。

四时，即一年的春夏秋冬，又叫四季。它是根据二十四节气来划分的：把从低气温走向高气温的季节叫春季，把气温高的季节叫夏季；把从高气温走向低气温的季节叫秋季，把气温低的季节叫冬季。

四立，即一年的立春、立夏、立秋和立冬。

八位，即一年中的立春、春分、立夏、夏至、立秋、秋分、立冬、冬至。

十二度，即一天的十二个时辰——子、丑、寅、卯、辰、巳、午、未、申、酉、戌、亥。

二十四花信风，即根据农历节气，从小寒到谷雨，共有八个节气。每气十五天，一气又分三候，每五天为一候，八气共二十四候，每候对应一种花。顺序为：小寒：一候梅花、二候山茶、三候水仙；大寒：一候瑞香、二候兰花、三候山矾；立春：一候迎春、二候樱桃、三候望春；雨水：一候菜花、二候杏花、三候李花；惊蛰：一候桃花、二候棣棠、三候蔷薇；春分：一候海棠、二候梨花、三候木兰；清明：一候桐花、二候麦花、三候柳花；谷雨：一候牡丹、二候荼蘼、三候楝花。

七十二候，即根据农历节气以五天为一候，与二十四节气对应，规定三候为一节气，一年共有七十二候。

二、春季：春雨惊春清谷天

按照传统历法，一年分四季，每一个季节有六个节气。春天的六个节气即立春、雨水、惊蛰、春分、清明、谷雨。

立春

立春太阳位于黄经315度，2月3—5日交节。立春是二十四节气中的第一个节气，也是汉族民间重要的传统节日之一。“立”是“开始”的意思。自秦代以来，中国就一直以立春作为春季的开始。所谓“一年之计在于春”，自古以来立春就是一个重大节日。自官方到民间都极为重视，立春之日迎春已有三千多年历史。古时立春时天子亲率三公九卿、诸侯大夫去东郊迎春，祈求风调雨顺，五谷丰收。回来之后，要赏赐群臣，布德令以施惠兆民。这种活动影响到庶民，使之成为后来世世代代的全民的迎春活动。

立春可以是一个时间点，也可以是一个时间段。中国传统历法将立春的十五天分为三候：一候东风解冻，二候蛰虫始振，三候鱼陟负冰。意思是，东风送暖，大地开始解冻。立春五日后，蛰居的动物慢慢在洞中苏醒，再过五日，河里的冰开始融化，鱼开始到水面上游动，此时水面上还有没完全融解的碎冰片，如同被鱼负着一般浮在水面。立春主要节俗活动有：春耕、打春、春社、朝贺、春游、咬春等。在饮食养生上，注重补养阳气，少酸多甘，平抑肝火。

立春时节对应的花信风：一候迎春、二候樱桃、三候望春。

唐代诗人贺知章有《咏柳》描写了春天的美好：

碧玉妆成一树高，万条垂下绿丝绦。
不知细叶谁裁出，二月春风似剪刀。

宋代诗人张栻有《立春偶成》：

律回岁晚冰霜少，春到人间草木知。
便觉眼前生意满，东风吹水绿参差。

宋代诗人白玉蟾有《立春》：

东风吹散梅梢雪，一夜挽回天下春。
从此阳春应有脚，百花富贵草精神。

民间谚语有：立春一年端，种地早盘算；一年之计在于春，一生之计在于勤；早春孩儿面，一日两三变；等等。

雨水

雨水太阳位于黄经330度，2月18—20日交节。雨水是二十四节气中的第二个节气。此时，气温回升、冰雪融化、降水增多，故取名为雨水。由于中国地域广大，各地气温不一而且气温变化多端，往往忽冷忽热。但总的而言，随着雨水节气的到来，雪花纷飞、冷气侵骨的天气渐渐消失，而春风拂面，冰雪融化，湿润的空气、温和的阳光和潇潇细雨的日子正向我们走来。所以，雨水三候：一候獭祭鱼；二候鸿雁来；三候草木萌动。意思是，雨水时节到，水獭开始捕鱼了，将捕获的鱼摆在岸边如同先祭后食的样子；五天过后，大雁开始从南方飞回北方；再过五天，在润物细无声的春雨中，草木随地中阳气的上腾而开始抽出嫩芽。从此，大地渐渐开始呈现出一派欣欣向荣的景象。饮食养生方面，调养脾胃，防御春寒。

雨水时节对应的花信风：一候菜花、二候杏花、三候李花。

唐代诗人杜甫有《春夜喜雨》：

好雨知时节，当春乃发生。随风潜入夜，润物细无声。
野径云俱黑，江船火独明。晓看红湿处，花重锦官城。

唐代诗人韩愈在《初春小雨》中写道：

天街小雨润如酥，草色遥看近却无。

最是一年春好处，绝胜烟柳满皇都。

民间谚语云：雨水节，雨水代替雪；七九八九雨水节，种田老汉不能歇；雨水有雨庄稼好，大春小春一片宝。等等。

惊蛰

惊蛰太阳位于黄经345度，3月5—7日交节。惊蛰，古称启蛰，它是二十四节气中的第三个节气。此时天气转暖，渐有春雷。动物入冬藏伏土中，不饮不食亦不动，故称为“蛰”，而“惊蛰”即上天以打雷惊醒蛰居动物的日子，故曰“惊蛰”。古语有“春雷响，万物长”之说。这时中国大部分地区进入春耕农忙季节。惊蛰三候：一候桃始华；二候黄鹂鸣；三候鹰化为鸠。意思是，此时桃花盛开，艳丽夺目；黄鹂鸣叫，悦耳动听；布谷声声，催人农耕。在养生起居方面，应注意保暖和补肾。

惊蛰时节对应的花信风：一候桃花、二候棣棠、三候蔷薇。

唐代诗人元稹有《惊蛰二月节》诗云：

阳气初惊蛰，韶光大地周。桃花开蜀锦，鹰老化春鸠。
时候争催迫，萌芽互矩修。人间务生事，耕种满田畴。

宋代诗人张元干在《甲戌正月十四日书所见来日惊蛰节》诗云：

老去何堪节物催，放灯中夜忽奔雷。
一声大震龙蛇起，蚯蚓虾蟆也出来。

故有农谚：到了惊蛰节，锄头不停歇；惊蛰春雷响，农夫闲转忙；三月三，蛇下山；雷打惊蛰前，二月雨连连；过了惊蛰节，一夜一片叶。等等。

春分

春分太阳位于黄经0度，3月20—22日交节。春分是二十四节气中的第四个节气。春分在天文学上有重要意义，这天南北半球昼夜平分，自这天以后太阳直射位置继续由赤道向北半球推移，北半球各地白昼开始长于黑夜，南半球与之相反。在气候上，也有比较明显的特征，我国除青藏高原、东北、西北和华北北部地区外均进入了明媚的春天。春分三候：一候玄鸟至；二候雷乃发声；三候始电。意思是，春分时节北方天气变暖，在南方越冬的燕子又飞回北方，衔草含泥筑巢居住，又开始新一年的生活。如果说惊蛰时节是偶有雷声，那么春分时节则是常见雷声和闪电了。春分后，气候温和，雨水充沛，阳光明媚。春分时节，我国民间有放风筝、吃春菜、送春牛、立蛋等风俗。在饮食养生方面，应注意阴阳平衡，杀菌除尘，加强运动。

春分时节对应的花信风：一候海棠、二候梨花、三候木兰。

唐代诗人元稹在《咏廿四气诗·春分二月中》云：

二气莫交争，春分雨处行。雨来看电影，云过听雷声。
山色连天碧，林花向日明。梁间玄鸟语，欲似解人情。

民间谚语有云：春分麦起身，一刻值千金；二月惊蛰又春分，种树施肥耕地深；吃了春分饭，一天长一线；春分春分，百草返青；春分春分，好种花生。等等。故宋代诗人陆游作《临安春雨初霁》：

世味年来薄似纱，谁令骑马客京华？
小楼一夜听春雨，深巷明朝卖杏花。
矮纸斜行闲作草，晴窗细乳戏分茶。
素衣莫起风尘叹，犹及清明可到家。

清代诗人宋琬著有《春日田家》一诗：

野田黄雀自为群，山叟相过话旧闻。
夜半饭牛呼妇起，明朝种树是春分。

清明

清明太阳位于黄经15度，4月4—6日交节。清明节又称踏青节、三月节、祭祖节等，节期在仲春与暮春之交。清明节源自上古时代的祖先信仰与春祭礼俗，兼具自然与人文两大内涵，既是自然节气，也是传统节日。清明作为自然节气反映自然界物候变化，这个时节阳光明媚、草木萌动、气清景明、万物皆显，自然界呈现生机勃勃的景象。时至清明，在中国南方地区已气候清爽温暖，大地呈现春和景明之象；在北方地区也开始断雪，渐渐进入阳光明媚的春天。清明三候：一候桐始华；二候田鼠化为鴽；三候虹始见。意思是，桐子花开了，喜阴的田鼠钻进了地洞，喜阳的鸟儿飞翔在空中，天空中可以不时看见彩虹了。清明作为传统节日是中华民族最隆重盛大的祭祖大节，属于礼敬祖先、慎终追远的一种文化传统节日。它凝聚着民族精神，传承了中华文明的祭祀文化，抒发人们尊祖敬宗、继志述事的道德情怀。因此，扫墓祭祖、慎终追远与踏青郊游、亲近自然是清明节的两大礼俗主题。

清明时节对应的花信风：一候桐花、二候麦花、三候柳花。

清明节与春节、端午节、中秋节并称为中国四大传统节日。除了中国，世界上还有一些国家和地区也过清明节，比如越南、韩国、马来西亚、新加坡等。2006 年 5 月 20 日，中华人民共和国文化部申报的清明节经国务院批准列入第一批国家级非物质文化遗产名录。从古至今，吟咏清明节的诗词众多，比如我们耳熟能详的唐代诗人杜牧的《清明》：

清明时节雨纷纷，路上行人欲断魂。
借问酒家何处有？牧童遥指杏花村。

又如南宋诗人吴惟信的《苏堤清明即事》：

梨花风起正清明，游子寻春半出城。
日暮笙歌收拾去，万株杨柳属流莺。

清明时节，气温升高，雨量增多，正是春耕春种的大好时节。故有农谚：清明前后，种瓜点豆；植树造林，莫过清明；清明要晴，谷雨要淋。等等。

谷雨

谷雨太阳位于黄经30度，4月19—21日交节。谷雨是二十四节气之第六个节气，春季的最后一个节气。谷雨是“雨生百谷”的意思，此时降水明显增加，田中的秧苗初插、作物新种，最需要雨水的滋润，正所谓“春雨贵如油”。降雨量充足而及时，谷类作物能茁壮成长。谷雨与雨水、小满、小雪、大雪等节气一样，都是反映降水现象的节气，是古代农耕文化对于节令的反映。谷雨三候：一候萍始生；二候鸣鸠拂其羽；三候戴胜降于桑。意思是，谷雨后降雨量增多，浮萍开始生长，接着布谷鸟便开始提醒人们及时播种，然后是桑树上开始见到一种叫戴胜的鸟。故有农谚：谷雨插秧，大致无妨；谷雨栽上红薯秧，一棵能收一大筐；谷雨前后栽地瓜，最好不要过立夏；谷雨不种花，心头像猫抓；谷雨前后，插秧点豆。等等。

谷雨时节对应的花信风：一候牡丹、二候荼蘼、三候楝花。

唐代诗人齐己《谢中上人寄茶》诗云：

春山谷雨前，并手摘芳烟。绿嫩难盈笼，清和易晚天。
且招邻院客，试煮落花泉。地远劳相寄，无来又隔年。

清代诗人郑板桥《七言诗》：

不风不雨正晴和，翠竹亭亭好节柯。
最爱晚凉佳客至，一壶新茗泡松萝。
几枝新叶萧萧竹，数笔横皴淡淡山。
正好清明连谷雨，一杯香茗坐其间。

谷雨前后，正是我国茶叶春季采摘的最佳和最忙时节，大量新茶上市，所以，中国茶叶学会曾多次倡议，将谷雨节确定为我国“全民饮茶日”，并举行各种与茶有关的活动。

三、夏季：夏满芒夏暑相连

按照传统历法，一年分四季，每一个季节有六个节气。夏天的六个节气即立夏、小满、芒种、夏至、小暑和大暑。

立夏

立夏太阳位于黄经45度，5月5—7日交节。立夏是二十四节气中的第七个节气，夏季的第一个节气。立夏是标示万物进入旺季生长的一个重要节气，立夏后，日照增加，逐渐升温，雷雨增多，农作物进入了茁壮生长阶段。春生、夏长、秋收、冬藏，时至立夏，万物繁茂。由于我国幅员辽阔、南北跨度大，各地自然节律不一，温差较大。

立夏三候：一候蝼蝈鸣，二候蚯蚓出，三候王瓜生。意思是，随着适宜温暖潮湿的环境中的蝼蛄鸣叫，表示夏天的味道浓了；蚯蚓是地地道道的阴物，生活在潮湿阴暗的土壤中的蚯蚓也爬出来凑热闹；在立夏时节的王瓜快速生长，并结出了果实。

立夏的到来，在天文学上表示即将告别春天，夏天就要开始，这时夏收作物进入生长后期，冬小麦扬花灌浆，油菜接近成熟，夏收作物年景基本定局，水稻栽插以及其他春播作物的管理也进入了大忙季节，民间有“立夏看收成”之说。所以，立夏时节，应加强农事田间作物的各方面管理，方能丰收。古往今来，立夏有迎夏仪式、尝新活动、斗蛋游戏、立夏“秤人”等传统节俗活动。在养生方面重在益气养血安神。

宋代诗人赵友直在《立夏》一诗中写道：

四时天气促相催，一夜薰风带暑来。
陇亩日长蒸翠麦，园林雨过熟黄梅。
莺啼春去愁千缕，蝶恋花残恨几回。
睡起南窗情思倦，闲看槐荫满亭台。

宋代诗人范成大在《村居即事》诗中曰：

绿遍山原白满川，子规声里雨如烟。

乡村四月闲人少，才了蚕桑又插田。

民谚有：立夏无雷声，粮食少几升；立夏插完秧，谷子堆满仓；立夏到小满，种啥都不晚；等等。

小满

小满太阳位于黄经60度，5月20—22日交节。小满是二十四节气中的第八个节气，夏季的第二个节气。小满后，天气渐渐由暖变热，并且降水也会逐渐增多，民谚有“小满大满江河满”的说法。小满，标志着炎夏的登场。物止于此，小得盈满，麦类等夏熟作物籽粒饱满但未成熟，故称小满。

小满三候：一候苦菜秀，二候靡草死，三候麦秋至。意思是，小满时节，小春作物即将收获，中稻全面栽插，农事繁忙，晴天抢收，雨天抢栽，一派忙碌。民谚有：小满不满，干断田坎；小满不满，芒种不管；小满不满，芒种开镰；小满三日望麦黄，小满十日满地黄；蚕老一个闪，麦熟一眨眼；蚕老不宜留，留下断丝头。等等。

小满节气是根据农耕社会特点形成的，过去民间有吃野菜、苦菜的习俗。小满后，中国大多数地方平均气温高于22℃，雨水渐多，注意祛湿，多喝水，多吃蔬果，饮食清淡。历代诗人有不少吟咏小满的诗词。比如宋代诗人欧阳修便有《归田园四时乐春夏二首》：

南风原头吹百草，草木丛深茅舍小。
麦穗初齐稚子娇，桑叶正肥蚕食饱。
老翁但喜岁年熟，饷妇安知时节好。
野棠梨密啼晚莺，海石榴红啭山鸟。
田家此乐知者谁？我独知之归不早。
乞身当及强健时，顾我蹉跎已衰老。

诗歌描写小满时节农家生活的情状：南风吹拂着百草，嫩绿的麦穗也已抽齐，蚕吃着肥壮的桑叶，梨挂满树枝，晚莺、山鸟啼叫，好一幅惬意、淳朴的农家生活画卷，流露出诗人对农家生活的羡慕与向往之情。

芒种

芒种太阳位于黄经75度，6月5—7日交节。它是二十四节气之第九个节气，夏季的第三个节气。这个时节气温显著升高、雨量充沛、空气湿度大，适宜晚稻等谷类作物种植。农事耕种以芒种这节气为界，过此之后种植成活率就越来越低。

芒种三候：一候螳螂生；二候鵙始鸣；三候反舌无声。意思是，螳螂在上一年深秋产的卵因感受到阴气初生而破壳生出小螳螂；喜阴的伯劳鸟开始在枝头出现，并且感阴而鸣；与此相反，能够学习其他鸟鸣叫的反舌鸟，却因感应到了阴气的出现而停止了鸣叫。

芒种是古代农耕文化对于节令的反映，在农耕上有着相当重要的意义。民谚有云：芒种不种，再种无用。讲的就是这个道理。芒种是一个收获与耕种的忙碌节气，民间也称其为忙种。民谚云：芒种芒种，连收带种。麦在地里不要笑，收到囤里才牢靠。麦收有三怕：雹砸、雨淋、大风刮。在养生方面注重滋阴清热。唐代诗人元稹《咏廿四气诗·芒种五月节》：

芒种看今日，螳螂应节生。彤云高下影，鴳鸟往来声。
渌沼莲花放，炎风暑雨情。相逢问蚕麦，幸得称人情。

唐代诗人白居易名作《观刈麦》：

田家少闲月，五月人倍忙。夜来南风起，小麦覆陇黄。
妇姑荷箪食，童稚携壶浆。相随饷田去，丁壮在南冈。
足蒸暑土气，背灼炎天光。力尽不知热，但惜夏日长。
复有贫妇人，抱子在其旁。右手秉遗穗，左臂悬敝筐。
听其相顾言，闻者为悲伤。家田输税尽，拾此充饥肠。
今我何功德，曾不事农桑。吏禄三百石，岁晏有余粮。
念此私自愧，尽日不能忘。

夏至

夏至太阳位于黄经90度，6月21—22日交节。它是二十四节气的第十个节气，夏季的第四个节气。夏至是太阳北行的转折点，这天过后太阳将走“回头路”，太阳光直射点开始从北回归线向南移动。对于我国位于北回归线以北的地区来说，夏至日过后，正午太阳高度开始逐日降低；对于我国位于北回归线以南的地区来说，夏至日过后，正午太阳高度经过南返的太阳直射后才开始逐日降低。

夏至三候：一候鹿角解；二候蝉始鸣；三候半夏生。意思是，夏至日阴气生而阳气始衰，属于阳性的鹿角便开始脱落。雄性的知了在夏至后因感阴气之生便鼓翼而鸣；半夏是一种喜阴的药草，因在仲夏的沼泽地或水田中出生所以得名。这说明自然万物生长的规律，在炎热的仲夏，一些喜阴的生物开始出现，而阳性的生物却开始衰退了。

夏至在中夏之位，即午位，午属阳。夏至虽然阳气较盛，且白昼最长，民谚云：日长长到夏至，日短短到冬至。但却未必是一年中最热的一天，因此时接近地表的热量仍在积蓄，并没有达到最多的时候。夏至以后地面受热强烈，空气对流旺盛，易形成雷阵雨。夏至后，人们普遍会食用清补凉汤、凉茶、酸梅汤等来避暑热，健脾益气。历代书写夏至的诗词颇多，比如唐代诗人韦应物《夏至避暑北池》：

昼晷已云极，宵漏自此长。未及施政教，所忧变炎凉。
公门日多暇，是月农稍忙。高居念田里，苦热安可当。

宋代诗人杨万里《和昌英叔夏至喜雨》：

清酣暑雨不缘求，犹似梅黄麦欲秋。
去岁如今禾半死，吾曹遍祷汗交流。
此生未用愠三已，一饱便应哦四休。
花外绿畦深没鹤，来看莫惜下邳侯。

小暑

小暑太阳位于黄经105度，7月6—8日交节。它是二十四节气的第十一个节气，也是夏季的第五个节气。暑表示炎热的意思，小暑即为小热，还不十分热。意指天气开始炎热，但还没到最热，全国大部分地区基本符合。全国的农作物都进入了茁壮成长阶段，需加强田间管理。农谚云：节到小暑进伏天，天变无常雨连绵，有的年份雨稀少，高温低湿呈伏旱；小暑连大暑，热得无处躲。小暑三候：一候温风至；二候蟋蟀居宇；三候鹰始鸷。意思是，小暑时节，大地上吹的风中都带着热浪；由于炎热，蟋蟀离开了田野，到庭院的墙脚下以避暑热；老鹰也因地面气温太高而在清凉的高空中活动。小暑养生宜勤喝水、饮食清淡、清热利湿。

唐代诗人元稹《咏廿四气诗·小暑六月节》有云：

倏忽温风至，因循小暑来。竹喧先觉雨，山暗已闻雷。
户牖深青霭，阶庭长绿苔。鹰鹯新习学，蟋蟀莫相催。

宋代诗人庞铸《喜夏》：

小暑不足畏，深居如退藏。青奴初荐枕，黄妳亦升堂。
鸟语竹阴密，雨声荷叶香。晚窗无一事，步屧到西厢。

大暑

大暑太阳位于黄经120度，7月22—24日交节。它是二十四节气的第十二个节气，夏季的最后一个节气。与小暑一样，大暑也是反映夏季炎热程度的节令，而大暑表示天气炎热至极。所以，民间有“小暑不见日头，大暑晒开石头”之说。

大暑三候：一候腐草为萤；二候土润溽暑；三候大雨时行。意思是，大暑时节，萤火虫将卵产在腐草上，等到大暑节气的时候，这些枯草上的萤火虫卵就开始孵化出来了，夜间在腐草上飞来飞去；由于大暑时节雨水多而雨量大，大地一片暑热难耐；而且此时天气多变，时雨时晴，雨水充沛，有利于农作物生长。故民谚云：“大暑连天阴，遍地出黄金。”“小暑大暑，上蒸下煮。”

大暑节气正值“三伏天”里的“中伏”前后，是一年中最热的时期，气温最高，农作物生长最快，故民谚有云：大暑无酷热，五谷多不结。同时，很多地区的旱涝、风灾等气象灾害也最为频繁。抢收抢种、抗旱排涝、防台风和田间管理等任务很重。大暑节气有晒伏姜、喝伏茶、烧伏香、送大暑船等习俗。此时，天气湿热，很容易导致身体受潮湿气过重。就养生而言既要懂得防暑降温，还要着重祛湿避暑，及时补充蛋白，睡眠充足。唐代诗人白居易著有《销暑》：

何以销烦暑，端居一院中。眼前无长物，窗下有清风。
热散由心静，凉生为室空。此时身自得，难更与人同。

宋代诗人曾几有《大暑》：

赤日几时过，清风无处寻。经书聊枕籍，瓜李漫浮沉。
兰若静复静，茅茨深又深。炎蒸乃如许，那更惜分阴。

四、秋季：秋处露秋寒霜降

按照传统历法，一年分四季，每一个季节有六个节气。秋天的六个节气即立秋、处暑、白露、秋分、寒露和霜降。

立秋

立秋太阳位于黄经 135 度，8 月 7—9 日交节。它是二十四节气中第十三个节气，秋季的第一个节气。二十四节气反映了四时气象的变化，立秋是阳气渐收、阴气渐长，由阳盛逐渐转变为阴盛的节点。立秋也意味着降温、降水、湿度等处于一年中的转折点，趋于下降或减小，秋（节气）以后，下一次雨凉快一次，因而有“一场秋雨一场寒”的说法。古籍《四民月令》：朝立秋，冷飕飕；夜立秋，热到头。在自然界，万物开始从繁茂成长趋向成熟或萧索。

立秋三候：一候凉风至，二候白露降，三候寒蝉鸣。意思是，立秋后，我国许多地区开始刮偏北风，偏南风逐渐减少，北风给人们带来了丝丝凉意。由于白天日照仍很强烈，夜晚的凉风刮来形成一定的昼夜温差，空气中的水蒸气在清晨室外植物上凝结成了一颗颗晶莹的露珠。这时候的蝉，食物充足，温度适宜，在微风吹动的树枝上鸣叫着，好像告诉人们炎热的夏天过去了，丰收年成在望了。

但立秋并不代表酷热天气就此结束，立秋还在暑热时段，尚未出暑，秋季第二个节气处暑才出暑，初秋期间天气仍然很热。进入秋季后，阴阳之气开始转变，万物随阳气下沉而逐渐萧落。秋季最明显的变化是草木的叶子从繁茂的绿色到发黄，并开始落叶，庄稼则开始成熟。立秋古时民间有祭祀土地神、庆祝丰收、贴秋膘、咬秋等传统习俗。就养生而言，应注意防暑燥秋困，根据中医"春夏养阳，秋冬养阴"的原则，此时适当进补十分必要。

关于立秋民间农谚甚多。比如：立秋晴一日，农夫不用力；七月秋样样收，六月秋样样丢；秋前北风秋后雨，秋后北风干河底；一场秋雨一场寒，十场秋雨要穿棉；早上立了秋，晚上凉飕飕。等等。历代文人多有咏叹，比如唐代诗人刘禹锡《秋词》：

自古逢秋悲寂寥，我言秋日胜春朝。
晴空一鹤排云上，便引诗情到碧霄。

宋代诗人刘翰《立秋》：

乳鸦啼散玉屏空，一枕新凉一扇风。
睡起秋声无觅处，满阶梧叶月明中。

明代诗人夏云英《立秋》：

秋风吹雨过南楼，一夜新凉是立秋。
宝鸭香消沉火冷，侍儿闲自理箜篌。

处暑

处暑太阳位于黄经150度，8月22—24日交节。处暑是二十四节气中的第十四个节气，秋季的第二个节气。处暑的"处"是指终止，处暑的意义是夏天暑热正式终止，早晚气温渐降，但白天仍然很热。

处暑三候：鹰乃祭鸟；天地始肃；禾乃登。意思是，此节气中老鹰开始大量捕猎鸟类；天地间万物开始凋零；五谷成熟丰收。故民谚云：处暑谷渐黄，大风要提防；处暑满地黄，家家修廪仓；处暑好晴天，家家摘新棉。等等。

民谚云：处暑天还暑，好似秋老虎；处暑天不暑，炎热在中午。所以，处暑期间，气候干燥，就养生而言要多吃些滋阴润燥的食物，避免燥邪伤身。历代文人对此节气多有咏叹。如宋代诗人吕本中有《处暑》：

平时遇处暑，庭户有馀凉。乙纪走南国，炎天非故乡。
寥寥秋尚远，杳杳夜光长。尚可留连否，年丰粳稻香。

又如清代诗人弘历的《处暑》：

究是行秋地，那更处暑时。叶从人面落，爽自马头披。
烟驿长和短，云山幻复奇。田畴看渐熟，惟有祝霜迟。

白露

白露太阳位于黄经165度，9月7—9日交节。它是二十四节气中的第十五个节气，秋季的第三个节气。白露是反映自然界寒气增长的重要节气，由于天气逐渐转凉，白昼有阳光尚热，但傍晚后气温便很快下降，昼夜温差大，寒生露凝，故名白露。白露时节基本结束了暑天的闷热，天气渐渐转凉，故有“白露秋分夜，一夜凉一夜”之说。

白露三候：一候鸿雁来，二候玄鸟归，三候群鸟养羞。意思是，在这个节气，鸿雁与燕子等候鸟开始南飞避寒，百鸟开始贮存干果粮食以备过冬。

这会儿农民也忙着收获庄稼，正所谓“抢秋抢秋，不抢就丢”。白露期间的各地民俗不一，主要有祭祀大禹、酿五谷酒、喝白露茶等。就茶叶而言，民间有“春茶苦，夏茶涩，要喝茶，秋白露”的说法。就养生而言，饮食养生以生津润肺为主，起居衣着应“春捂秋冻”。

历代诗词中有不少吟咏白露的佳作，如《诗经·秦风》有名篇《蒹葭》：

蒹葭苍苍，白露为霜。所谓伊人，在水一方。

溯洄从之，道阻且长。溯游从之，宛在水中央。
蒹葭萋萋，白露未晞。所谓伊人，在水之湄。
溯洄从之，道阻且跻。溯游从之，宛在水中坻。
蒹葭采采，白露未已。所谓伊人，在水之涘。
溯洄从之，道阻且右。溯游从之，宛在水中沚。

唐代诗人杜甫《白露》：

白露团甘子，清晨散马蹄。圃开连石树，船渡入江溪。
凭几看鱼乐，回鞭急鸟栖。渐知秋实美，幽径恐多蹊。

杜甫还有书写白露的名作《月下忆舍弟》：

戍鼓断人行，边秋一雁声。露从今夜白，月是故乡明。
有弟皆分散，无家问死生。寄书长不达，况乃未休兵。

秋分

秋分太阳位于黄经 180 度，9 月 22—24 日交节。它是二十四节气之第十六个节气，秋季的第四个节气。秋分这天太阳几乎直射地球赤道，全球各地昼夜等长。秋分，“分”即为平分、均半的意思，除了指昼夜平分外，还有一层意思是平分了秋季。秋分日后，太阳光直射位置南移，北半球昼短夜长，昼夜温差加大，气温逐日下降。

秋分曾是我国传统的祭月节，由古代秋夕祭月演变而来。如古代有“春祭日，秋祭月”之说。据史书记载，早在周朝，古代帝王就有春分祭日、夏至祭地、秋分祭月、冬至祭天的习俗。其祭祀的场所称为日坛、地坛、月坛、天坛，分设在东南西北四个方向。

2018 年 6 月 21 日，国务院批准自 2018 年起，将每年秋分设立为中国农民丰收节。

秋分三候：一候雷始收声；二候蛰虫坯户；三候水始涸。古人认为雷是因为阳气盛而发声，秋分后阴气开始旺盛，所以不再打雷了。第二候中的“坯”字是细土的意思，就是说由于天气变冷，蛰居的小虫开始藏入穴中，并且用细土将洞口封起来以防寒气侵入。第三候是说此时降雨量开始减少，由于天气干燥，水汽蒸发快，所以湖泊与河流中的水量变少，一些沼泽及水洼处便处于干涸之中。

秋分时节，保健饮食上要特别注意预防秋燥。秋分的“燥”不同于白露的“燥”。秋分的“燥”是凉燥，白露的“燥”是“温燥”。所以，饮食上要注意多吃一些以清润、温润为主的食物。

民谚有：秋分有雨来年丰。秋分日晴，万物不生。等等。

历代文人留下了大量咏秋诗作。比如宋代诗人韩琦的《庚戌秋分》：

浙浙风清叶未凋，秋分残景自萧条。
禾头无耳时微旱，蚊嘴生花毒渐消。
钱迸嫩苔陈阁静，字横宾雁楚天遥。
西园宴集偏宜夜，坐看圆蟾过丽谯。

宋代诗人李清照《醉花阴·薄雾浓云愁永昼》：

薄雾浓云愁永昼，瑞脑销金兽。佳节又重阳，玉枕纱厨，半夜凉初透。
东篱把酒黄昏后，有暗香盈袖。莫道不销魂，帘卷西风，人比黄花瘦。

宋代诗人李清照的杰作《声声慢·寻寻觅觅》：

寻寻觅觅，冷冷清清，凄凄惨惨戚戚。乍暖还寒时候，最难将息。三杯两盏淡酒，怎敌他、晚来风急！雁过也，正伤心，却是旧时相识。

满地黄花堆积，憔悴损，如今有谁堪摘？守着窗儿，独自怎生得黑？梧桐更兼细雨，到黄昏，点点滴滴。这次第，怎一个愁字了得？

寒露

寒露太阳位于黄经 195 度，10 月 8—9 日交节。寒露是二十四节气中的第十七个节气，秋季的第五个节气。寒露是深秋的节令，是一个反映气候变化特征的节气。进入寒露，时有冷空气南下，昼夜温差较大，并且秋燥明显。如果说白露节气标志着炎热向凉爽的过渡，暑气尚不曾完全消尽，早晨可见露珠晶莹闪光。那么，寒露节气则是天气转凉的象征，标志着天气由凉爽向寒冷过渡，露珠寒光四射，如俗语所言：“寒露寒露，遍地冷露”。民谚云：“白露身不露，寒露脚不露。”

寒露三候：一候鸿雁来宾；二候雀入大水为蛤；三候菊有黄华。此节气中鸿雁排成一字或人字形的队列大举南迁；深秋天寒，雀鸟都不见了，古人看到海边突然出现很多蛤蜊，并且贝壳的条纹及颜色与雀鸟很相似，所以便以为是雀鸟变成的；在此时菊花已普遍开放，是赏菊的好时节。

寒露以后，北方冷空气已有一定势力，我国大部分地区在冷高压控制之下，雨季结束。从气候特点上看，寒露时节，南方秋意渐浓，气爽风凉，少雨干燥；北方广大地区已从深秋进入或即将进入冬季。故民谚云：吃了寒露饭，单衣很少见。吃了重阳饭，不见单衣汉。吃了重阳糕，单衫打成包。寒露传统习俗主要有赏枫叶、吃芝麻、吃螃蟹、饮秋茶等。就养生而言，饮食调养应以滋阴润燥（肺）为宜。

有农谚云：寒露到霜降，种麦莫慌张；霜降到立冬，种麦莫放松。小麦点在寒露口，点一碗收三斗。等等。

唐代诗人元稹著有《咏廿四气诗·寒露九月节》：

寒露惊秋晚，朝看菊渐黄。千家风扫叶，万里雁随阳。
化蛤悲群鸟，收田畏早霜。因知松柏志，冬夏色苍苍。

唐代诗人钱起《晚次宿预馆》：

乡心不可问，秋气又相逢。飘泊方千里，离悲复几重。
回云随去雁，寒露滴鸣蛩。延颈遥天末，如闻故国钟。

霜降

霜降太阳位于黄经210度，10月23—24日交节。霜降是二十四节气中的第十八个节气，秋天的最后一个节气。霜降节气含有天气渐冷、初霜出现的意思，也意味着冬天的开始，霜降时节，养生保健尤为重要。民间有“一年补透透，不如补霜降”之说。

霜降三候：一候豺乃祭兽；二候草木黄落；三候蛰虫咸伏。意思是：

豺狼开始捕获猎物为食；大地上的树叶枯黄掉落；蛰虫也蜷在洞中不动不食，开始进入冬眠状态中。

霜降之时，在五行中属土，根据中医养生学的观点，在四季五补——春要升补、夏要清补、长夏要淡补、秋要平补、冬要温补的相互关系上，应以淡补或平补为原则，并且以补血气、养胃气为重点。

民谚有：今夜霜露重，明早太阳红；霜降后降霜，稻谷打满仓。等等。

宋代诗人陆游《霜降前四日颇寒》：

草木初黄落，风云屡阖开。儿童锄麦罢，邻里赛神回。
鹰击喜霜近，鹳鸣知雨来。盛衰君勿叹，已有复燃灰。

宋代诗人叶梦得《水调歌头·九月望日与客习射西园余偶病不能射》：

霜降碧天静，秋事促西风。寒声隐地初听，中夜入梧桐。起瞰高城回望，寥落关河千里，一醉与君同。叠鼓闹清晓，飞骑引雕弓。

岁将晚，客争笑，问衰翁。平生豪气安在，沈领为谁雄。何似当筵虎士，挥手弦声响处，双雁落遥空。老矣真堪愧，回首望云中。

五、冬季：冬雪雪冬小大寒

按照传统历法，一年分四季，每一个季节有六个节气。冬天的六个节气即立冬、小雪、大雪、冬至、小寒和大寒。

立冬

立冬太阳位于黄经 225 度，11 月 7—8 日交节。它是二十四节气中的第十九个节气，冬季的第一个节气，表示自此进入了冬季。立，建始也；冬，终也，万物收藏也。立冬意味着自然界的生气开始闭蓄，万物进入休养、收藏状态。其气候也由秋季少雨干燥向阴雨寒冻的冬季气候渐变。

立冬三候：一候水始冰；二候地始冻；三候雉入大水为蜃。意思是，此节气时，水已经能结成冰；土地也开始冻结；野鸡一类的大鸟便不多见了，而海边可以看到与野鸡羽毛颜色相似的大蛤。所以，古人认为雉到立冬后便变成大蛤了。

立冬后，日照时间将继续缩短。由于地表贮存的热量还有一定的能量，所以，一般初冬时期还不是很冷；随着时间推移，冷空气活动逐渐频繁，气温下降趋势加快。立冬与立春、立夏、立秋合称“四立”，在古代社会中是个非常重要的节日。它是冬季的第一个节气，代表着冬季的开始，是享受丰收、休养生息、万物收藏的时节，通过冬季的休养，期待来年生活的兴旺如意。在我国部分地区有迎冬、祭祖、饮宴等习俗。在养生方面，应注意滋阴潜阳、少食生冷、适当运动等。在农事与气象方面，民谚有：今冬麦盖三层被，明年枕着馒头睡；立冬落雨会烂冬，吃得柴尽米粮空。等等。

历代文人写下了不少咏冬诗作。比如元代诗人陆文圭《立冬》：

旱久何当雨，秋深渐入冬。黄花犹带露，红叶已随风。
边思吹寒角，村歌相晚舂。篱门日高卧，衰懒愧无功。

明代诗人王穉登有《立冬》：

秋风吹尽旧庭柯，黄叶丹枫客里过。
一点禅灯半轮月，今宵寒较昨宵多。

小雪

小雪太阳位于黄经240度，11月22—23日交节。它是二十四节气中的第二十个节气，冬季第二个节气。小雪是反映降水与气温的节气，它是寒潮和强冷空气活动频数较高的节气。小雪节气的到来，意味着天气会越来越冷、降水量渐增。

小雪三候：一候虹藏不见；二候天气上升地气下降；三候闭塞而成冬。意思是，天地间阴阳之气形成的彩虹，此时因阴气旺盛而阳气隐伏不见；天空阳气上升，地中阴气下降，万物失去往日的勃勃生机；也由于天气寒冷，万物气息深藏不动，似乎停止了一般。

雪是水汽遇冷的产物，代表寒冷与降水，小雪时节的气候寒未深且降水量增加但不是很大，故用小雪来比喻这时节的气候特征。小雪是个比喻，反映的是这个节气期间寒流活跃、降水渐增，不是表示这个节气下很小量的雪。小雪节气与大雪节气一样是反映气温与降水变化趋势的节气，它是古代农耕文化对于节令的反映，与天气预报中的小雪或大雪不是同一概念。民间有小雪腌腊肉、吃泡汤的习俗。民谚有云：小雪虽冷窝能开，家有树苗尽管栽；趁地未封冻，赶快把树种；等等。

宋代诗人苏辙《小雪》云：

小雪仅能消膈热，苦寒偏解恼衰翁。
年丰谁使百物贵，心净要令万事空。
老去禅功深自觉，生来滞运与人同。
闲中未断生灵念，清夜焚香处处通。

明代诗人杨继盛《小雪》云：

破窗不奈西风冷，况复萧条一敝裘。
疏雪飘残忧国泪，寒更敲碎贯城愁。
悲歌劳扰惭燕士，坐卧浑忘是楚囚。
四海寻家何处是，此身死外更无求。

大雪

大雪太阳位于黄经255度，12月6—8日交节。它是二十四节气中的第二十一个节气，冬季的第三个节气。大雪的意思是天气更冷了，降雪的可能性比小雪时节更大了，并不指降雪量一定很大，相反，大雪后各地降水降雪量均进一步减少。

大雪三候：一候鹖鴠不鸣；二候虎始交；三候荔挺出。意思是，此时因天气寒冷，连寒号鸟也不再鸣叫了；由于此时是阴气最盛时期，正所谓盛极而衰，阳气已有所萌动，所以，老虎开始有求偶行为；连喜阴的兰草也感到阳气的萌动而抽出了些许新芽。

民谚云：大雪小雪，烧火不歇。既说明天寒地冻，烧火取暖，又表明昼短夜长，三餐间隔时间变短。同时，大雪也是进补的好时节，素有“冬天进补，开春打虎”；“三九补一冬，来年无病痛”；“冬吃萝卜夏吃姜，不劳医生开药方”等说法。此时宜温补助阳、补肾壮骨、养阴益精。其他民谚有：大雪兆丰年，无雪要遭惨；冬雪是个宝，春雪是棵草；今冬大雪飘，来年收成好。等等。诗歌方面如唐代诗人柳宗元有名作《江雪》：

千山鸟飞绝，万径人踪灭。孤舟蓑笠翁，独钓寒江雪。

宋代诗人陆游有《大雪》：

大雪江南见未曾，今年方始是严凝。
巧穿帘罅如相觅，重压林梢欲不胜。
毡幄掷卢忘夜睡，金羁立马怯晨兴。
此生自笑功名晚，空想黄河彻底冰。

冬至

冬至太阳位于黄经270度，12月21—23日交节。它是二十四节气中的第二十二个节气，与夏至相对。冬至这天，太阳直射地面的位置到达一年的最南端，几乎直射南回归线。这一天北半球得到的阳光最少，北半球的白昼达到最短，且越往北白昼越短。古人云，阴极之至，阳气始生，日南至，日短之至，日影长之至，故曰“冬至”。冬至后便开始数九，每九天为一个“九”。到“三九”前后，地面积蓄的热量最少，天气也最冷，所以有“冷在三九”之说。民间流行的《九九歌》云：一九二九怀中插手；三九四九冰上行走；五九六九沿河看柳；七九河开，八九雁来；九九加一九，耕牛遍地走。

冬至三候：一候蚯蚓结；二候麋角解；三候水泉动。意思是，蚯蚓作为一种阴曲阳伸的生物，此时阳气虽已生长，但阴气仍然十分强盛，泥土中的蚯蚓仍然蜷缩着身体不动；麋与鹿同科，却阴阳不同，古人认为麋的角朝后生，所以为阴，而冬至一阳生，麋感阴气渐退而解角；由于阳气初生，所以此时山中的泉水可以流动并且微微温热。

冬至节北方有吃饺子的风俗。俗话说：“冬至到，吃水饺。”而南方则有吃汤圆或喝羊杂汤的习俗。

历代文人留下不少写冬至的名篇佳构。比如唐代诗人杜甫的《至后》：

冬至至后日初长，远在剑南思洛阳。
青袍白马有何意，金谷铜驼非故乡。
梅花欲开不自觉，棣萼一别永相望。
愁极本凭诗遣兴，诗成吟咏转凄凉。

唐代另一位大诗人白居易《邯郸冬至夜思家》：

邯郸驿里逢冬至，抱膝灯前影伴身。
想得家中夜深坐，还应说着远行人。

小寒

小寒太阳位于黄经285度，1月5—7日交节。小寒是二十四节气中的第二十三个节气，对于中国而言，这时正值“三九”前后，小寒标志着开始进入一年中最寒冷的日子。故民间有“小寒大寒，冷成冰团”之说。

小寒三候：一候雁北乡，二候鹊始巢，三候雉始鸲。古人认为候鸟中大雁是顺阴阳而迁移，此时阳气已动，所以大雁开始向北迁移；此时北方到处可见到喜鹊，并且感觉到阳气而开始筑巢；野鸡在接近四九时会感阳气的生长而鸣叫。

小寒时节对应的花信风：一候梅花、二候山茶、三候水仙。

小寒时节也是进补的最佳时期，按照传统中医理论，滋补分为四类，即补气、补血、补阴、补阳。同时，应坚持适当运动或活动，民谚曰：冬天动一动，少闹一场病；冬天懒一懒，多喝药一碗。

唐代诗人元稹《咏廿四气诗·小寒十二月节》：

小寒连大吕，欢鹊垒新巢。拾食寻河曲，衔柴绕树梢。
霜鹰近北首，雊雉隐丛茅。莫怪严凝切，春冬正月交。

宋代佚名诗人《望梅·小寒时节》：

小寒时节，正同云暮惨，劲风朝烈。信早梅、偏占阳和，向日暖临溪，一枝先发。时有香来，望明艳、瑶枝非雪。想玲珑嫩蕊，绰约横斜，旖旎清绝。

仙姿更谁并列。有幽香映水，疏影笼月。且大家、留倚阑干，对绿醑飞觥，锦笺吟阅。桃李繁华，奈比此、芬芳俱别。等和羹大用，休把翠条谩折。

大寒

大寒太阳位于黄经300度，1月20—21日交节。它是二十四节气中的最后一个节气，也是冬季的最后一个节气。大寒同小寒一样也是表示天气寒冷程度的节气，大寒是天气寒冷到极致的意思。根据我国长期以来的气象记录，在北方地区大寒节气是没有小寒节气冷的；但对于南方大部地区来说，最冷是在大寒节气。

大寒三候：一候鸡乳；二候征鸟厉疾；三候水泽腹坚。意思是，到大寒节气便可以孵小鸡了，而鹰隼之类的征鸟，却正处于捕食能力极强的状态中，盘旋于空中到处寻找食物，以补充身体的能量抵御严寒；在一年的最后五天内，水域中的冰一直冻到水中央的深处，且最结实也最厚，人们可以在上面溜冰活动。

大寒时节对应的花信风：一候瑞香、二候兰花、三候山矾。

大寒在岁终，冬去春来，大寒一过，又开始新的一个轮回。在我国一些地方，每到大寒至立春这段时间，有很多重要的民俗，如除旧布新、制作腊味以及祭灶、准备年货过年等习俗。所以，民谚云：小寒大寒，杀猪过年。如《忙年歌》云：二十三，祭灶官；二十四，扫房子；二十五，磨豆腐；二十六，蒸馒头；二十七，去赶集；二十八，把猪杀；二十九，快打酒；年三十，包饺子。

过了大寒，又是一年。大寒时节便到了寒冷的极限，日后天便渐暖。大寒的养生，要着眼于藏，在于温补与调养以及适当运动。

唐代诗人元稹《咏廿四气诗·大寒十二月中》：

腊酒自盈樽，金炉兽炭温。大寒宜近火，无事莫开门。
冬与春交替，星周月讵存？明朝换新律，梅柳待阳春。

宋代诗人石介《大寒早行》:

万动皆休迹，五更独鸣鞭。星霜结凄色，风霰过长川。
草暖犬犹睡，河冰马不前。城墙多有穴，村屋半无烟。
饿虎寒犹吼，妖狐怪不眠。山空乱猿叫，树折一鸡颠。
几处炉爋炭，何人坐有毡。崎岖转行路，凛冽逼穷年。
脚指两个落，衫裳百孔穿。嘘唏鼻才润，僵直手难拳。
身固冻不死，志当穷且坚。四方丈夫事，谁为泪潺湲。

宋代诗人陆游《大寒》:

大寒雪未消，闭户不能出。可怜切云冠，局此容膝室。
吾车适已悬，吾驭久罢叱。拂麈取一编，相对辄终日。
亡羊戒多岐，学道当致一。信能宗阙里，百氏端可黜。
为山傥勿休，会见高崒嵂。颓龄虽已迫，孺子有美质。

主要参考文献

[1] 刘魁立 . 中国节典 [M]. 合肥：安徽教育出版社，2008.
[2] 宋月航，匡野 . 中国人应知的节日与习俗 [M]. 北京：中华书局，2015.
[3] 萧放 . 春节 [M]. 北京：生活 · 读书 · 新知三联书店，2009.
[4] 陈勤建 . 中国民俗学 [M]. 上海：华东师范大学出版社，2007.
[5] 乌丙安 . 中国风俗辞典 [M]. 上海：上海辞书出版社，1990.
[6] 乌丙安 . 民俗学原理 [M]. 沈阳：辽宁教育出版社，2001.
[7] 蒋德均，罗红 . 我们的节日：中华节日的诗意镜像 [M]. 北京：团结出版社，2021.
[8] 钟敬文 . 民俗学概论 [M]. 上海：上海文艺出版社，1998.
[9] 习近平 . 习近平著作选读：第一卷 [M]. 北京：人民出版社，2023.
[10] 习近平 . 习近平著作选读：第二卷 [M]. 北京：人民出版社，2023.
[11] 徐克谦 . 中国传统思想与文化 [M]. 北京：高等教育出版社，2016.
[12] 周赟 . 中国古代礼仪文化 [M]. 北京：中华书局，2019.
[13] 古诗文网 https：//www.gushiwen.cn.
[14] 中国民俗 https：//www.chinesefolklore.org.cn.
[15] 李泽厚 . 中国古代思想史论 [M]. 北京：生活 · 读书 · 新知，2008.
[16] 冯友兰 . 中国哲学简史 [M]. 北京：民主与建设出版社，2017.
[17] 萧涤非，程千帆 . 唐诗鉴赏辞典 [M]. 上海：上海辞书出版社，1983.

[18]缪钺，霍松林．宋诗鉴赏辞典[M].上海：上海辞书出版社，1987.

[19]唐圭璋．唐宋词鉴赏辞典[M].南京：江苏古籍出版社，1986.

[20]顾禄．清嘉录[M].南京：江苏凤凰文艺出版社，2019.

[21]萧放．岁时：传统中国民众的时间生活[M].北京：中华书局，2002.

后记

过节的意义

中华民族历史悠久，文化源远流长。在漫长的历史发展进程中，不仅形成了博大精深的民族文化，而且孕育出了丰富多彩的民族节日。这些节日久经沧桑，凝聚着历代劳动人民的智慧和情感，以群众喜闻乐见的形式传承不衰，以丰富多彩的民俗文化令中华儿女世代陶醉和向往，以约定俗成的民间礼仪陶冶和锤炼着民族的品格和个性，以欢乐祥和的氛围弘扬着民族的美德和精神。其传承民族血脉、提升民族精神的价值，强化民族文化记忆、心理认同的价值，维系民族团结、社会和谐、家庭和睦的价值，激发与释放情感、协调人与自然关系的价值，是其他任何文化形式都难以替代的。

中国传统节日的文化内涵是厚重而多彩的，主要体现在如下几个方面：一、传统节日作为农业文明的缩影，具有顺天尊时天人和谐的特点。以自然节气的规律性变化为依托的中国传统节日，充分体现了人们尊重自然节律，顺应自然时序，追求“天人合一”的理想境界。这一点，对于科学技术日新月异的当代社会更具有警示作用。我们认为，没有科学技术的进步是万万不可能的，但任何时候，科学技术都不是万能的。人或人类，除了科学技术、物质文明外，还有信仰、理念、观点、情感等心灵世界与精神世界，而这些领域往往不是科学技术所能主导的。作为优秀传统文化的节日文化无论是其起源还是演变或者节日习俗以及节日仪式、文化内涵都对于满足人的心理与精神需求具有不可替代的作用。因此，要继承也要发展，要科学技术也要人文情怀。在如何正确对待传统节日与现代社会生活的关系问题上，这一点必须清楚。二、传统节日作为中华文化的重要载体，具有丰富性、多样性和变化性。它是一个内容丰富、体系完整的系统，主要由精神文化层面、行为文化层面和物质文化层面构成，而且每一个层面之间是可以融合转化的，其本身也是发展变化的。就精神文化层面而言，中国传统节日浓缩着我国数千年文明进程的丰富内涵，集中体现了中华民族优秀的精神风貌，寄托着古往今来中国人的理想情怀，蕴含着人们对美好生活的不懈追求、对大自然的感恩与敬畏、对家庭团圆与世间和谐永恒的企望。就行为文化层面而言，传统节日是各种民俗活动和民间艺术集中展示的平台，荟萃着祭奠、礼仪、表演、技艺、艺术、体育、游戏等丰富多彩的行为文化，体现了中华先民的集体智慧和浪漫情怀。就物质文化层面而言，在传统节日文化系统中，物质文化丰富多样，既有四季飘香的节令果蔬佳肴，更有纷繁多样的装饰品、吉祥物，还有大自然赐予的植物、花卉以及物候气象等，而且还赋予这些物品以文化与象征意义以及心理暗示与满足等多重功能。三、它是中华民族精神的写照，具有兼容并包的和合特点。首先是热爱生命、追求健康的人本精神。以人为贵，追求人与物的和谐，这是我国传统文化以人为本的精神和基调；其次是敬祖孝先、尊老爱幼的人伦美德。中华民族对自己的祖先历来有着异常浓厚的感情。慎终追远的情怀成为中华文明的一条重要根脉，“仁义”与“孝悌”是中华民族传统道德的核心，孝悌的基本内容则是父慈子孝、兄友弟恭，并由此推及尊老爱幼等。再次是自强不息、刚健有为的进取精神。中华民族是一个勤劳勇敢的民族，具有刚健有为、自强不息的进取精神，这种民族特性和民族精神一直是中华民族奋发向上、蓬勃发展的动力，它既体现在日常生活中，更体现在节庆文化里。最后是弘扬正义、忧国忧民的爱国精神。中华民族在漫长的历史过程中，形成了坚持正义的民族气节和忧国忧民的博大情怀。中国传统节日中，有不少节日是与民族气节和爱国传统相关联的，尤以清明节和端午节为代表。四、传统节日是民族情感凝结、民族文化认同、民族团结和谐、国家统一的纽带。我国是一个以汉族为主的由56个民族组成的多民族统一国家，各民族都有自己的传统节日，但汉族的传统节日，也几乎是其他民族共同享有的节日。它反映了中华文化“和而不同”的优良传统。各民族人民在共同欢度传统节日中，促进了民族文化的交流与融合，巩固了民族的大团结，增强了中华民族的向心力和凝聚力。今天，随着我国综合国力的增强，国际地位与影响力的提升，伴随着传统节日的变化和节日符号、习俗活动的创新，节日的文化内涵也在进一步丰富，比如春节走向世界，乃至成为联合国机构的假日，中国春节的家庭、家族、社区和谐内涵具有了天下和谐、世界和谐的意义。

传统节日作为文化传统的重要载体，在文化传承中的作用不言而喻，弘扬节日文化传统越来越成为社会共识，系统地考察和深入了解中国传统节日文化的现状和历史变迁，生动地表现出中国社会生活多元一体、和而不同的文化特质；真实地表现出国家政治与大众生活在互动中不断协商适应的运行状态；全面生动地反映出民众多样性的群体生存智慧和交流创新能力不断发展的文化创造力；生动地反映出蕴藏在大众日常生活中处理天人关系、社会关系和与之相适应的人文素养、道德伦理建设的巨大文化能量。对天时地利人和的文化理想追求，凝聚成节日社会生活实践的文化核心价值体系，成为中华民族精神家园的重要组成部分。作为时间制度的节日，伴随所有社会成员的生命历程。

从个人、家庭、家族到社区、组织、民族、国家，节日在大众生活实践中不断传递和延续着文化血脉。与“乡愁”一样，“节日的味道”是一种让人们切实感受到民胞物与、家国天下的文化体验。因此，深刻理解中国的传统节日文化，必然成为现代化进程中和谐传统与变迁关系认知的基本起点。对传统节日文化采取科学和辩证的态度，吸收精华，剔除糟粕，发展优秀文化。那些具有糟粕性、落后性的节日内容，会对现代化社会产生牵制、误导、阻滞作用，对于这样的传统，就要坚决摒弃和扫除。相反，具有人民性、进步性的元素，能够对现代化起促进和补充、纠偏作用，应进行创造性转化、创新性发展，使之发扬光大。那么，鉴别的标准是什么？大体而言，应当看是否符合人类社会前进方向和时代要求，是否有利于促进社会生产力的发展和社会文明进步，是否符合最广大人民群众的根本利益，是否符合人类社会公认的价值准则等。一句话，是否符合人类社会真善美的底线原则。

民俗学家黄永林、孙佳在《博弈与坚守：在传承与创新中发展——关于中国传统节日中秋节命运的多维思考》中说：

传统节日的产生与发展与人的需求、文化传统、社会变迁、经济发展、科技进步及政府行为存在以下关系：人的需求创造了传统节日，传统节日的产生满足了人们的需求；传统文化精神是传统节日得以传承的根基，传统节日的发展又进一步丰富了传统文化的内涵；社会变迁促进传统节日的变革，传统节日变革适应了社会发展；传统节日促进了文化经济的发展，节日文化市场的兴旺促进了传统节日深入人心；科技进步推动了传统节日的创新，丰富了传统节日的内容与形式；政府的积极主导行为促进了传统节日的传承与发展，人民大众是传统节日传承与发展的真正主体。未来节日文化的发展仍将在多种力量的博弈中前行，文化的整合调适机制将有力地推动节日文化发展。有学者将节日文化的总体发展趋势总结为：节日活动与时代精神结合得日益紧密，节日活动与经贸活动结合得日益紧密，节日活动与旅游活动结合得日益紧密，节日活动与平时开发与民族资源结合得日益紧密。这一总体发展趋势表明了节日文化与文化精神价值、日常生活需求、文化休闲娱乐、经济发展的密切关系。传统文化精神的传承将增强节日文化的现代适应力，传统节日文化资源的利用将有力地推动文化产业的发展，现代科技在传统节日中的运用将极大丰富传统节日习俗的内容和形式，推动传统节日创新发展，这就是传统节日未来发展的方向。（原载于《民俗研究》2018 年第 1 期。）

正因为传统节日中凝结着中华民族的民族精神和民族情感，承载着中华民族的文化血脉和思想精华，具有丰富生活、凝聚人心、传承文化、助推经济发展、促进社会和谐、缓释心理压力、满足情感需求等多种功能，是民族生活的时间制度和社会大众的精神家园，不仅见证着中华文明突出的连续性、创新性、统一性、包容性、和平性，也推动着中华文明历久弥新、赓续传承。所以，国家层面高度重视，先后多次发文指导优秀传统文化的传承与发展，其中在 2017 年中共中央办公厅、国务院办公厅印发《关于实施中华优秀传统文化传承发展工程的意见》中指出：“深入开展‘我们的节日’主题活动，实施中国传统节日振兴工程，丰富春节、元宵、清明、端午、七夕、中秋、重阳等传统节日文化内涵，形成新的节日习俗。”

如何形成新的节日习俗，除了我们前面在每一个节日里的讨论外，我们认为，还可以根据每一个节日的文化内涵，举办主题征文活动、主题诗会活动、主题朗诵活动、主题书画活动、主题读书活动、主题表演活动、主题走访活动、主题竞技活动等。比如春节的迎新团圆主题、元宵的观灯狂欢主题、清明的缅怀感恩主题、端午的健身爱国主题、七夕的乞巧技艺主题、中元的祭祀亡灵主题、中秋的丰收赏月主题、重阳的孝亲敬老主题等。而且这些活动完全可以融入民众生活之中，最大限度地调动民众参与其中，体现节日的主人是民众的优良传统，这与我们的人民中心、人民至上的执政理念也是相通一致的。

我们知道，现代社会是现代化的结果，而现代化作为一个历史范畴，它体现人类社会发展进步的趋势和潮流，是人类文明发展进步的方向和标杆，蕴含着充满活力和朝气蓬勃的事物和精神。现代化既涵盖物质层面，也涵盖精神层面，是一个不断丰富发展的综合性文明形态。现代社会与传统社会也是相对而言的，它由传统社会发展而来，并与传统社会具有千丝万缕的联系，但却发生了根本性、本质性的深刻变革，因此又具有本质性的区别。中国式现代化是从中华大地生长出来的现代化，包括传统节日在内的中华优秀传统文化蕴含着中华民族先民在长期生产生活中积累的宇宙观、天下观、社会观、道德观，内含着中国人与世界、与自然、与他人以及与自己的独特价值体系、文化内涵和精神品质。中华优秀传统文化经过创造性转化、创新性发展，深刻影响和塑造着中国式现代化独特而鲜明的文化标志、精神气质、中国特色，作为深层的文明基因有机融入中国式现代化进程，影响着我们的知情意行乃至民族性格。我们所说的创造性转化、创新性发展的过程其实就是一个从传统向现代演进的过程，在这一过程中，包括传统节日在内的中华优秀传统文化不断得到转化、拓展、更新、完善，并被赋予新的时代内涵和表达形式，蕴含其中的中华民族最基本的文化基因同当代中国更相适应、同现代社会更相协调、同现实文化更相融通，迸发出历久弥新的生命力、影响力与感召力。对于纠正现代化进程中的偏差，创造良好的生活品质、推动人与自然和谐共生、维护社会和谐安定、增强民族凝聚力、和谐人际关系、健全人格力量、凝聚精神动力等发挥重要作用。

2024 年 2 月 20 日于长江首城